余华作品

温暖和百感交集的旅程

作家出版社

图书在版编目（CIP）数据

温暖和百感交集的旅程/余华著. –2 版. –北京：作家出版社，2012.9（2020.8 重印）

（余华作品）

ISBN 978 – 7 – 5063 – 6559 – 8

Ⅰ.①温… Ⅱ.①余… Ⅲ.①随笔 – 作品集 – 中国 – 当代 Ⅳ.①I267.1

中国版本图书馆 CIP 数据核字（2012）第 182534 号

温暖和百感交集的旅程

作　　者：余　华

责任编辑：钱　英

装帧设计：张晓光

出版发行：作家出版社有限公司

社　　址：北京农展馆南里 10 号　　邮编：100125

电话传真：86–10–65067186（发行中心及邮购部）

　　　　　86–10–65004079（总编室）

E–mail:zuojia@zuojia.net.cn

http://www.zuojiachubanshe.com

印　　刷：三河市紫恒印装有限公司

成品尺寸：142×210

字　　数：100 千

印　　张：4.75

印　　数：98001 – 108000

版　　次：2008 年 5 月第 1 版

　　　　　2012 年 9 月第 2 版

印　　次：2020 年 8 月第 16 次印刷

ISBN　978 – 7 – 5063 – 6559 – 8

定　　价：25.00 元

目　录

我能否相信自己

我曾经被这样的两句话所深深吸引，第一句话来自美国作家艾萨克·辛格的哥哥，这位很早就开始写作，后来又被人们完全遗忘的作家这样教导他的弟弟："看法总是要陈旧过时，而事实永远不会陈旧过时。"第二句话出自一位古希腊人之口："命运的看法比我们更准确。"

在这里，他们都否定了"看法"，而且都为此寻找到一个有力的借口，那位辛格家族的成员十分实际地强调了"事实"；古希腊人则更相信不可知的事物，指出的是"命运"。他们有一点是相同的，那就是"事实"和"命运"都要比"看法"宽广得多，就像秋天一样；而"看法"又是什么？在他们眼中很可能只是一片树叶。人们总是喜欢不断地发表自己的看法，这几乎成了狂妄自大的根源，于是人们真以为一叶可以见秋了，而忘记了它其实只是一个形容词。

后来，我又读到了蒙田的书，这位令人赞叹不已的作家告诉我们："按自己的能力来判断事物的正误是愚蠢的。"他说，"为什么不想一想，我们自己的看法常常充满矛盾？多少昨天还是信条的东西，今天却成了谎言？"蒙田暗示我们"看法"在很大程度上是虚荣和好奇在作怪，"好奇心引导我们到处管闲事，虚荣心则禁止我们留下悬而未决的问题"。

四个世纪以后，很多知名人士站出来为蒙田的话作证。1943年，IBM公司的董事长托马斯·沃森胸有成竹地告诉人们："我想，5台计算机足以满足整个世界市场。"另一位无声电影时代造就的富翁哈里·华纳，在1927年坚信："哪一个家伙愿意听到演员发出声音？"而蒙田的同胞福煦元帅，这位法国高级军事学院院长、第一次世界大战协约国军总司令，对当时刚刚出现的飞机十分喜爱，他说："飞机是一种有趣的玩具，但毫无军事价值。"

我知道能让蒙田深感愉快的证词远远不止这些。这些证人的错误并不是信口开河，并不是不负责任地说一些自己不太了解的事物。他们所说的恰恰是他们最熟悉的，无论是托马斯·沃森，还是哈里·华纳，或者是福煦元帅，都毫无疑问地拥有着上述看法的权威。问题就出在这里，权威往往是自负的开始，就像得意使人忘形一样，他们开始对未来发表看法了。而对他们来说，未来仅仅只是时间向前延伸而已，除此之外他们对未来就一无所知了。就像1899年那位美国专利局的委员下令拆除他的办公室一样，理由是"天底下发明得出来的东西都已经发明完了"。

有趣的是，他们所不知道的未来却牢牢地记住了他们，使他们在各种不同语言的报刊的夹缝里，以笑料的方式获得永生。

很多人喜欢说这样一句话：不知道的事就不要说。这似乎是谨慎和谦虚的品质，而且还时常被认为是一些成功的标志。在发表看法时小心翼翼固然很好，问题是人们如何判断知道与不知道？事实上很少有人会对自己所不知道的事大加议论，人们习惯于在自己知道的事物上发表不知道的看法，并且乐此不疲。这是不是知识带来的自信？

我有一位朋友，年轻时在大学学习西方哲学，现在是一位成功的商人。他有一个十分有趣的看法，有一天他告诉了我，他说："我的大脑就像是一口池塘，别人的书就像是一块石子；石子扔进池塘激起的是水波，而不会激起石子。"最后他这样说，"因此别人的知识在我脑子里装得再多，也是别人的，不会是我的。"

他的原话是用来抵挡当时老师的批评，在大学时他是一个不喜欢读书的学生。现在重温他的看法时，除了有趣之外，也会使不少人信服，但是不能去经受太多的反驳。

这位朋友的话倒是指出了这样一个事实：那些轻易发表看法的人，很可能经常将别人的知识误解成是自己的，将过去的知识误解成未来的。然后，这个世界上就出现了层出不穷的笑话。

有一些聪明的看法，当它们被发表时，常常是绕过了看法。就像那位希腊人，他让命运的看法来代替生活的看法；还有艾萨克·辛格的哥哥，尽管这位失败的作家没有能够证明"只有事实不会陈旧过时"，但是他的弟弟，那位对哥哥很可能是随口说出的话坚信不已的艾萨克·辛格，却向我们提供了成功的范例。辛格的作品确实如此。

对他们而言，真正的"看法"又是什么呢？当别人选择道路的时候，他们选择的似乎是路口，那些交叉的或者是十字的路口。他们在否定"看法"的时候，其实也选择了"看法"。这一点谁都知道，因为要做到真正的没有看法是不可能的。既然一个双目失明的人同样可以行走，一个具备了理解能力的人如何能够放弃判断？

是不是说，真正的"看法"是无法确定的，或者说"看法"应该是内心深处迟疑不决的活动，如果真是这样，那么看法就是沉默。可是所有的人都在发出声音，包括希腊人、辛格的哥哥，当然也有蒙田。

与别人不同的是，蒙田他们不约而同地选择了怀疑主义的立场，他们似乎相信"任何一个命题的对面，都存在着另外一个命题"。

另外一些人也相信这个立场。在去年，也就是1996年，有一位琼斯小姐荣获了美国俄亥俄州一个私人基金会设立的"贞洁奖"，获奖理由十分简单，就是这位琼斯小姐的年龄和她处女膜的年龄一样，都是38岁。琼斯小姐走上领奖台时这样说："我领取的绝不是什么'处女奖'，我天生厌恶男人，敌视男人，所以我今年38岁了，还没有被破坏处女膜。应该说，这5万美元是我获得的敌视男人奖。"

这个由那些精力过剩的男人设立的奖，本来应该奖给这个性乱时代的贞洁处女，结果却落到了他们最大的敌人手中，琼斯小姐要消灭性的存在。这是致命的打击，因为对那些好事的男人来说，没有性肯定比性乱更糟糕。有意思的是，他们竟然天衣无缝地结合到了一起。

由此可见，我们生活中的看法已经是无奇不有。既然两个完全对立的看法都可以荣辱与共，其他的看法自然也应该得到它们的身份证。

米兰·昆德拉在他的《笑忘书》里，让一位哲学教授说出这样一句话："自詹姆斯·乔伊斯以来，我们已经知道我们生活的最伟大的冒险在于冒险的不存在……"

这句话很受欢迎，并且成为了一部法文小说的卷首题词。这句话所表达的看法和它的句式一样圆滑，它的优点是能够让反对它的人不知所措，同样也让赞成它的人不知所措。如果模仿那位哲学教授的话，就可以这么说：这句话所表达的最重要的看法在于看法的不存在。

几年以后，米兰·昆德拉在《被背叛的遗嘱》里旧话重提，他说："……这不过是一些精巧的混账话。当年，70年代，我在周围到处听到这些补缀着结构主义和精神分析残渣的大学圈里的扯淡。"

还有这样的一些看法，它们的存在并不是为了指出什么，也不是为说服什么，仅仅只是为了乐趣，有时候就像是游戏。在博尔赫斯的一个短篇故事《特隆·乌尔巴尔，奥尔比斯·特蒂乌斯》里，叙述者和他的朋友从寻找一句名言的出处开始，最后进入了一个幻想的世界。那句引导他们的名言是这样的："镜子与交媾都是污秽的，因为它们同样使人口数目增加。"

这句出自乌尔巴尔一位祭师之口的名言，显然带有宗教的暗示，在它的后面似乎还矗立着禁忌的柱子。然而当这句话时过境迁之后，作为语句的独立性也浮现了出来。现在，当我们放弃它所有的背景，单纯地看待它时，就会发现自己已经被这句话里奇妙的乐趣所深深吸引，从而忘记了它的看法是否合理。所以对很多看法，我们都不能以斤斤计较的方式去对待。

因为"命运的看法比我们更准确"，而且"看法总是要陈旧过时"。这些年来，我始终信任这样的话，并且视自己为他们中的一员。我知道一个作家需要什么，就像但丁所说："我喜欢怀疑不亚于肯定。"

我已经有十五年的写作历史，我知道这并不长久，我要说的是写作会改变一个人，尤其是擅长虚构叙述的人。作家长时期的写作，会使自己变得越来越软弱、胆小和犹豫不决；那些被认为应该克服的缺点在我这里常常是应有尽有，而人们颂扬的刚毅、果断和英勇无畏则只能在我虚构的笔下出现。思维的训练将我一步一步地推到了深深的怀疑之中，从而使我逐渐地失去理性的能力，使我的思想变得害羞和不敢说话；而另一方面的能力却是苗壮成长，我能够准确地知道一粒纽扣掉到地上时的声响和它滚动的姿态，而且对我来说，它比死去一位总统重要得多。

最后，我要说的是作为一个作家的看法。为此，我想继续谈一谈博尔赫斯，在他那篇迷人的故事《永生》里，有一个"流利

6

自如地说几种语言；说法语时很快转换成英语，又转成叫人捉摸不透的萨洛尼卡的西班牙语和澳门的葡萄牙语"的人，这个干瘦憔悴的人在这个世上已经生活了很多个世纪。在很多个世纪之前，他在沙漠里历经艰辛，找到了一条使人超越死亡的秘密河流，和岸边的永生者的城市（其实是穴居人的废墟）。

博尔赫斯在小说里这样写道："我一连好几天没有找到水，毒辣的太阳、干渴和对干渴的恐惧使日子长得难以忍受。"这个句子为什么令人赞叹，就是因为在"干渴"的后面，博尔赫斯告诉我们还有更可怕的"对干渴的恐惧"。

我相信这就是一个作家的看法。

一九九七年十月十八日

温暖和百感交集的旅程

　　我经常将川端康成和卡夫卡的名字放在一起，并不是他们应该在一起，而是出于我个人的习惯。我难以忘记 1980 年冬天最初读到《伊豆的歌女》时的情景，当时我二十岁，我是在浙江宁波靠近甬江的一间昏暗的公寓里与川端康成相遇。五年之后，也是在冬天，也是在水边，在浙江海盐一间临河的屋子里，我读到了卡夫卡。谢天谢地，我没有同时读到他们。当时我年轻无知，如果文学风格上的对抗过于激烈，会使我的阅读不知所措和难以承受。在我看来，川端康成是文学里无限柔软的象征，卡夫卡是文学里极端锋利的象征；川端康成叙述中的凝视缩短了心灵抵达事物的距离，卡夫卡叙述中的切割扩大了这样的距离；川端康成是肉体的迷宫，卡夫卡是内心的地狱；川端康成如同盛开的罂粟花使人昏昏欲睡，卡夫卡就像是流进血管的海洛因令人亢奋和痴

　　　　　　　　　　　　　　　　　　　　　　　　　| 余华作品

呆。我们的文学接受了这样两份绝然不同的遗嘱，同时也暗示了文学的广阔有时候也存在于某些隐藏的一致性之中。川端康成曾经这样描述一位母亲凝视死去女儿时的感受："女儿的脸生平第一次化妆，真像是一位出嫁的新娘。"类似起死回生的例子在卡夫卡的作品中同样可以找到。《乡村医生》中的医生检查到患者身上溃烂的伤口时，他看到了一朵玫瑰红色的花朵。

这是我最初体验到的阅读，生在死之后出现，花朵生长在溃烂的伤口上。对抗中的事物没有经历缓和的过程，直接就是汇合，然后同时拥有了多重品质。这似乎是出于内心的理由，我意识到伟大作家的内心没有边界，或者说没有生死之隔，也没有美丑和善恶之分，一切事物都以平等的方式相处。他们对内心的忠诚使他们写作时同样没有了边界，因此生和死、花朵和伤口可以同时出现在他们的笔下，形成叙述的和声。

我曾经迷恋于川端康成的描述，那些用纤维连接起来的细部，我说的就是他描述细部的方式。他叙述的目光无微不至，几乎抵达了事物的每一条纹路，同时又像是没有抵达，我曾经认为这种若即若离的描述是属于感受的方式。川端康成喜欢用目光和内心的波动去抚摸事物，他很少用手去抚摸，因此当他不断地展示细部的时候，他也在不断地隐藏着什么。被隐藏的总是更加令人着迷，它会使阅读走向不可接近的状态，因为后面有着一个神奇的空间，而且是一个没有疆界的空间，可以无限扩大，也可以随时缩小。为什么我们在阅读之后会掩卷沉思？这是因为我们需要走进那个神奇的空间，并且继续行走。这样的品质也在卡夫卡和马尔克斯，以及其他更多的作家那里出现，这也是我喜爱《礼拜二午睡时刻》的一个原因。

加西亚·马尔克斯是无可争议的大师，而且生前就已获此殊荣。《百年孤独》塑造了一个天马行空的作家的偶像，一个将想象力尽情挥霍的偶像，其实马尔克斯在叙述里隐藏着小心翼翼的克制，正是这两者间激烈的对抗，造就了伟大的马尔克斯。《礼拜二午睡时刻》所展示的就是作家克制的才华，这是一个在任何时代都有可能出现的故事，因此也是任何时代的作家都有可能写下的故事。我的意思是它的主题其实源远流长，一个母亲对儿子的爱。虽然作为小偷的儿子被人枪杀的事实会令任何母亲不安，然而这个经过了长途旅行，带着已经枯萎的鲜花和唯一的女儿，来到这陌生之地看望亡儿之坟的母亲却是如此的镇静。马尔克斯的叙述简洁和不动声色，人物和场景仿佛是在摄影作品中出现，而且他只写下了母亲面对一切的镇静，镇静的后面却隐藏着无比的悲痛和宽广的爱。为什么神父都会在这个女人面前不安？为什么枯萎的鲜花会令我们战栗？马尔克斯留下的疑问十分清晰，疑问后面的答案也是同样的清晰，让我们觉得自己已经感受到了，同时又觉得自己的感受还远远不够。

卡夫卡的作品，我选择了《在流放地》。这是一个使人震惊的故事，一个被遗弃的军官和一架被遗弃的杀人机器，两者间的关系有点像是变了质的爱情，或者说他们的历史是他们共同拥有的，少了任何一个都会两个同时失去。应该说，那是充满了荣耀和幸福的历史。故事开始时他们的蜜月已经结束，正在经历着毁灭前凋零的岁月。旅行家——这是卡夫卡的叙述者——给予了军官回首往事的机会，另两个在场的人都是士兵，一个是"张着大嘴，头发蓬松"即将被处决的士兵，还有一个是负责解押的士兵。与《变形记》这样的作品不同，卡夫卡没有从一开始就置读者于不可思议的场景之中，而是给予了我们一个正常的开端，然后向着不可思议的方向发展。随着岁月的流逝，机器的每一个部分都有了通用的小名，军官向旅行家介绍："底下的部分叫做'床'，最高的部分叫'设计师'，在中间能够上下移动的部分叫做'耙子'。"还有特制的粗棉花，毛毡的小口衔，尤其是这个在处死犯人时塞进他们嘴中的口衔，这是为了阻止犯人喊叫的天才设计，也是卡夫卡叙述中令人不安的颤音。由于新来的司令官对这架杀人机器的冷漠，部件在陈旧和失灵之后没有得到更换，于是毛毡的口衔上沾满了一百多个过去处死犯人的口水，那些死者的气息已经一层层地渗透了进去，在口衔上阴魂不散。因此当那个"张着大嘴，头发蓬松"犯人的嘴刚刚咬住口衔，立刻闭上眼睛呕吐起来，把军官心爱的机器"弄得像猪圈一样"。卡夫卡有着长驱直入的力量，仿佛匕首插入身体，慢慢涌出的鲜血是为了证实插入行为的可靠，卡夫卡的叙述具有同样的景象，细致、坚实和触目惊心，而且每一段叙述在推进的同时也证实了前面完成的段落，如同匕首插入后鲜血的回流。因此，当故事变得越来越不可思议的时候，故事本身的真实性不仅没有削弱，反而增强。然后，我们读到了军官疯狂同时也是合理的举动，他放走了犯人，自己来试验这架快要崩溃的机器，让机器处死自己。就像是一对殉情的恋人，他似乎想和机器一起崩溃。这个有着古怪理想的军官也要面对那个要命的口衔。卡夫卡这样写道："可以看得出来军官对这口衔还是有些勉强，可是他只是躲闪了一小会儿，很快就屈服了，把口衔纳进了嘴里。"

我之所以选择《在流放地》，是因为卡夫卡这部作品留在叙述上的刻度最为清晰，我所指的是一个作家叙述时产生力量的支点在什么地方？这位思维变幻莫测的作家，这位让读者惊恐不安和难以预测的作家究竟给了我们什么？他是如何用叙述之砖堆砌了荒诞的大厦？《在流放地》清晰地展示了卡夫卡叙述中伸展出去的枝叶，在对那架杀人机器细致入微的描写里，这位作家表达出了和巴尔扎克同样准确的现实感，这样的现实感也在故事的其他部分不断涌现，正是这些拥有了现实依据的描述，才构造了卡夫卡故事的地基。事实上他所有的作品都是如此，只是人们更容易被大厦的荒诞性所吸引，从而忽视了建筑材料的实用性。

布鲁诺·舒尔茨的《鸟》和若昂·吉马朗埃斯·罗萨的《河的第三条岸》也是同样如此。《鸟》之外我还选择了舒尔茨另外两部短篇小说，《蟑螂》和《父亲的最后一次逃走》。我认为只有这样，在《鸟》中出现的父亲的形象才有可能完整起来。我们可以将它们视为一部作品中的三个章节，况且它们的篇幅都是十分简短。舒尔茨赋予的这个"父亲"，差不多是我们文学中最为灵活的形象。他在拥有了人的形象之外，还拥有了鸟、蟑螂和螃蟹的形象，而且他在不断地死去之后，还能够不断地回来。这是一个空旷的父亲，他既没有人的边界，也没有动物的边界，仿佛幽灵似的飘荡着，只要他依附其上，任何东西都会散发出生命的欲望。因此，他是一个实实在在的生命，可以说是人的生命。舒尔茨的描述是那样的精确迷人，"父亲"无论是作为人出现，还是作为鸟、蟑螂或者螃蟹出现，他的动作和形态与他生命所属的种族都有着完美的一致性。值得注意的是，舒尔茨与卡夫卡一样，当故事在不可思议的环境和突如其来的转折中跳跃时，叙述始终是扎实有力的，所有的事物被展示时都有着现实的触摸感和亲切感。尽管舒尔茨的故事比卡夫卡更加随意，然而叙述的原则是一致的。就像格里高里·萨姆沙和甲虫互相拥有对方的习惯，"父亲"和蟑螂或者螃蟹的结合也使各自的特点既鲜明又融洽。

　　若昂·吉马朗埃斯·罗萨在《河的第三条岸》也塑造了一个父亲的形象，而且也同样是一个脱离了父亲概念的形象，不过他没有去和动物结合，他只是在自己的形象里越走越远，最后走出了人的疆域，有趣的是这时候他仍然是一个活生生的人。这个永不上岸的父亲，使罗萨的故事成为了一个永不结束的故事。这位巴西作家在讲述这个故事时，没有丝毫离奇之处，似乎是一个和日常生活一样真实的故事，可是它完全不是一个日常生活的故事，它给予读者的震撼是因为它将读者引向了深不可测的心灵的夜空，或者说将读者引向了河的第三条岸。罗萨、舒尔茨和卡夫卡的故事共同指出了荒诞作品存在的方式，他们都是在人们熟悉的事物里进行并且完成了叙述，而读者却是鬼使神差地来到了完全陌生的境地。这些形式荒诞的作家为什么要认真地和现实地刻画每一个细节？因为他们在具体事物的真实上有着难以言传的敏锐和无法摆脱的理解，同时他们的内心总是在无限地扩张，因此他们作品的形式也会无限扩张。

在卡夫卡和舒尔茨之后，辛格是我选择的第三位来自犹太民族的作家。与前两位作家类似，辛格笔下的人物总是难以摆脱流浪的命运，这其实是一个民族的命运。不同的是，卡夫卡和舒尔茨笔下的人物是在内心的深渊里流浪，辛格的人物则是行走在现实之路上。这也是为什么辛格的人物充满了尘土飞扬的气息，而卡夫卡和舒尔茨的人物一尘不染，因为后者生活在想象的深处。然而，他们都是迷途的羔羊。《傻瓜吉姆佩尔》是一部震撼灵魂的杰作，吉姆佩尔的一生在短短几千字的篇幅里得到了几乎是全部的展现，就像写下了浪尖就是写下整个大海一样，辛格的叙述虽然只是让吉姆佩尔人生的几个片段闪闪发亮，然而他全部的人生也因此被照亮了。这是一个比白纸还要洁白的灵魂，他的名字因为和傻瓜紧密相连，他的命运也就书写了一部受骗和被欺压的历史。辛格的叙述是如此的质朴有力，当吉姆佩尔善良和忠诚地面对所有欺压他和欺骗他的人时，辛格表达了人的软弱的力量，这样的力量发自内心，也来自深远的历史，因此它可以战胜所有强大的势力。故事的结尾催人泪下，已经衰老的吉姆佩尔说："当死神来临时，我会高高兴兴地去。不管那里会是什么地方，都会是真实的，没有纷扰，没有嘲笑，没有欺诈。赞美上帝：在那里，即使是吉姆佩尔，也不会受骗。"此刻的辛格似乎获得了神的目光，他看到了，也告诉我们：有时候最软弱的也会是最强大的。就像《马太福音》第十八章所讲述的故事：门徒问耶稣："天国里谁是最大的？"耶稣叫来了一个小孩，告诉门徒："凡自己谦卑像这小孩子的，他在天国里就是最大的。"

据我所知，鲁迅和博尔赫斯是我们文学里思维清晰和思维敏捷的象征，前者犹如山脉隆出地表，后者则像是河流陷入了进去，这两个人都指出了思维的一目了然，同时也展示了思维存在的两种不同方式。一个是文学里令人战栗的白昼，另一个是文学里使人不安的夜晚；前者是战士，后者是梦想家。这里选择的《孔乙己》和《南方》，都是叙述上惜墨如金的典范，都是文学中精瘦如骨的形象。在《孔乙己》里，鲁迅省略了孔乙己最初几次来到酒店的描述，当孔乙己的腿被打断后，鲁迅才开始写他是如何走来的。这是一个伟大作家的责任，当孔乙己双腿健全时，可以忽视他来到的方式，然而当他腿断了，就不能回避。于是，我们读到了文学叙述中的绝唱。"忽然间听得一个声音，'温一碗酒'。这声音虽然极低，却很耳熟。看时又全没有人。站起来向外一望，那孔乙己便在柜台下对了门槛坐着。"先是声音传来，然后才见着人，这样的叙述已经不同凡响，当"我温了酒，端出去，放在门槛上"，孔乙己摸出四文大钱后，令人战栗的描述出现了，鲁迅只用了短短一句话，"见他满手是泥，原来他是用这手走来的"。

这就是我为什么热爱鲁迅的理由，他的叙述在抵达现实时是如此的迅猛，就像子弹穿越了身体，而不是留在了身体里。与作为战士的鲁迅不同，作为梦想家的博尔赫斯似乎深陷于不可知的浪漫之中，他那简洁明快的叙述里，其实弥漫着理性的茫然，而且他时常热衷于这样的迷茫，因此他笔下的人物常常是头脑清楚，可是命运模糊。当他让虚弱不堪的胡安·达尔曼捡起匕首去迎接决斗，也就是迎接不可逆转的死亡时，理性的迷茫使博尔赫斯获得了现实的宽广，他用他一贯的方式写道："如果说，达尔曼没有了希望，那么，他也没有了恐惧。"

鲁迅的孔乙己仿佛是记忆凝聚之后来到了现实之中，而《南方》中的胡安·达尔曼则是一个努力返回记忆的人。叙述方向的不同使这两个人物获得了各自不同的道路，孔乙己是现实的和可触摸的，胡安·达尔曼则是神秘的和难以把握的。前者从记忆出发，来到现实；后者却是从现实出发，回到记忆之中。鲁迅和博尔赫斯似乎都怀疑岁月会抚平伤疼，因此他们笔下的人物只会在自己的厄运里越走越远，最后他们殊途同归，消失成为了他们共同的命运。值得注意的是，现实的孔乙己和神秘的胡安·达尔曼，都以无法确定的方式消失："我到现在终于没有见——大约孔乙己的确死了。""达尔曼手里紧紧地握着匕首，也许他根本不知道怎么使用它，就出了门，向草原走去。"

拉克司奈斯的《青鱼》和克莱恩的《海上扁舟》是我最初阅读的记录，它们记录了我最初来到文学身旁时的忐忑不安，也记录了我当时的激动和失眠。这是二十年前的往事了，如果没有拉克司奈斯和克莱恩的这两部作品，还有川端康成的《伊豆的歌女》，我想，我也许不会步入文学之门。就像很多年以后，我第一次看到伯格曼的《野草莓》后，才知道什么叫电影一样，《青鱼》和《海上扁舟》在二十年前就让我知道了什么是文学。直到现在，我仍然热爱着它们，这并不是因为它们曾使我情窦初开，而是它们让我知道了文学的持久和浩瀚。这两部短篇小说都只是叙述了一个场景，一个在海上，另一个在海边。这似乎是短篇小说横断面理论的有力证明，问题是伟大的短篇小说有着远远超过篇幅的纬度和经度。《海上扁舟》让我知道了什么是叙述的力量，一叶漂浮在海上的小舟，一个厨子，一个加油工人，一个记者，还有一个受伤的船长，这是一个抵抗死亡，寻找生命之岸的故事。史蒂芬·克莱恩的才华将这个单调的故事拉长到一万字以上，而且丝丝入扣，始终激动人心。拉克司奈斯的《青鱼》让我明白了史诗不仅仅是篇幅的漫长，有时候也会在一部简洁的短篇小说中出现。就像瓦西里·康定斯基所说的"一种无限度的红色只能由大脑去想象"，《青鱼》差不多是完美地体现了文学中浩瀚的品质，它在极其有限的叙述里表达了没有限度的思想和情感，如同想象中的红色一样无边无际。

　　这差不多是我二十年来阅读文学的经历，当然还有更多的作品这里没有提及。我对那些伟大作品的每一次阅读，都会被它们带走。我就像是一个胆怯的孩子，小心翼翼地抓住它们的衣角，模仿着它们的步伐，在时间的长河里缓缓走去，那是温暖和百感交集的旅程。它们将我带走，然后又让我独自一人回去。当我回来之后，才知道它们已经永远和我在一起了。

一九九九年四月三十日

布尔加科夫与《大师和玛格丽特》

布尔加科夫

1930 年 3 月 28 日，贫困潦倒的布尔加科夫给斯大林写去了一封信，希望得到莫斯科艺术剧院一个助理导演的职位。"如果不能任命我为助理导演……"他说，"请求当个在编的普通配角演员。如果当普通配角也不行，我就请求当个管剧务的工人。如果连工人也不能当，那就请求苏联政府以它认为必要的任何方式尽快处置我，只要处置就行……"

作为一位作品被禁的大师，布尔加科夫在骄傲与克服饥饿之间显得困难重重，最终他两者都选择了，他在"请求"的后面没有丝毫的乞讨，当他请求做一个管剧务的工人时，依然骄傲地说："只要处置就行。"

同年 4 月 18 日，斯大林拨通了布尔加科夫家的电话，与布尔加科夫进行了简短的交谈，然后布尔加科夫成为了莫斯科艺术剧院的一名助理导演。他重新开始写作《大师和玛格丽特》，一部在那个时代不可能获得发表的作品，布尔加科夫深知这一点，因此他的写作就更为突出地表达了内心的需要，也就是说他的写作失去了实际的意义，与发表、收入、名誉等等毫无关系，写作成为了纯粹的自我表达，成为了布尔加科夫对自己的纪念。

　　这位来自基辅的神学教授的儿子，自幼腼腆、斯文、安静，他认为："作家不论遇到多大困难都应该坚贞不屈……如果使文学去适应把个人生活安排得更为舒适、富有的需要，这样的文学便是一种令人厌恶的勾当了。"

　　他说到做到，无论是来自政治的斯大林的意见，还是来自艺术的斯坦尼斯拉夫斯基的压力，都不能使他改变自己的主张，于是他生活贫困，朋友疏远，人格遭受侮辱，然而布尔加科夫"微笑着接受厄运的挑战"，就像一首牙买加民歌里的奴隶的歌唱："你们有权利，我们有道德。"

　　在这种情况下，布尔加科夫的写作只能是内心独白，于是在愤怒、仇恨和绝望之后，他突然幸福地回到了写作，就像疾病使普鲁斯特回到写作，孤独使卡夫卡回到写作那样，厄运将布尔加科夫与荣誉、富贵分开了，同时又将真正的写作赋予了他，给了他另一种欢乐，也给了他另一种痛苦。

　　回到了写作的布尔加科夫，没有了出版，没有了读者，没有了评论，与此同时他也没有了虚荣，没有了毫无意义的期待。他获得了宁静，获得了真正意义上的写作。他用不着去和自己的盛名斗争；用不着一方面和报纸、杂志夸夸其谈，另一方面独自一人时又要反省自己的言行。最重要的是，他不需要迫使自己从世俗的荣耀里脱身而出，回到写作，因为他没有机会离开写作了，他将自己的人生掌握在叙述的虚构里，他已经消失在自己的写作之中，而且无影无踪，就像博尔赫斯写到佩德罗·达米安生命消失时的比喻："仿佛水消失在水中。"

在生命的最后十二年里，布尔加科夫失去一切之后，《大师和玛格丽特》的写作又使他得到了一切；他虚构了撒旦对莫斯科的访问，也虚构了自己；或者说他将自己的生活进行了重新的安排，他扩张了想象，缩小了现实。因此在最后的十二年里，很难说布尔加科夫是贫困的，还是富有的；是软弱的，还是强大的；是走投无路，还是左右逢源。

大师和玛格丽特

在这部作品中，有两个十分重要的人物，就是大师和玛格丽特，他们第一次的出现，是在书的封面上，可是以书名的身份出现了一次以后，他们的第二次出现却被叙述一再推迟，直到284页，大师才悄然而来，紧接着在314页的时候，美丽的玛格丽特也接踵而至了。在这部580页的作品里，大师和玛格丽特真正的出现正是在叙述最为舒展的部分，也就是一部作品中间的部分。这时候，读者已经忘记了书名，忘记了曾经在书的封面上看到过他们的名字。

在此之前，化名沃兰德的撒旦以叙述里最为有力的声音，改变了莫斯科的现实。虽然撒旦的声音极其低沉，低到泥土之下，但是它建立了叙述的基础，然后就像是地震一样，在其之上，我们看到了莫斯科如何紧张了起来，并且惊恐不安。

显然，布尔加科夫的天才得到了魔鬼的帮助，饱尝痛苦和耻辱的内心，使他在有生之年就远离了人世，当他发现自己讨厌的不是几个人，而是所有的人时，他的内心逐渐地成为了传说，在传说中与撒旦相遇，然后和撒旦重叠。因此可以这样说，《大师和玛格丽特》里的撒旦，就是布尔加科夫自己，而大师——这个试图重写本丢·彼拉多的历史的作家，则是布尔加科夫留在现实里的残缺不全的影子。

从钱诚先生的汉语翻译来看，《大师和玛格丽特》的叙述具备了 19 世纪式的耐心，尤其是开始的几章，牧首湖畔的冗长的交谈，本丢·彼拉多对耶稣的审讯，然后又回到牧首湖畔的谈话，61 页过去了，布尔加科夫才让那位诗人疯跑起来，当诗人无家汉开始其丧失理智的疯狂奔跑，布尔加科夫叙述的速度也跑动起来了，一直到 283 页，也就是大师出现之前，布尔加科夫让笔下的人物像是传递接力似的，把叙述中的不安和恐惧迅速弥漫开去。

我们读到的篇章越来越辉煌，叙述逐渐地成为了集会，莫斯科众多的声音一个接着一个地汇入红场。在魔鬼的游戏的上面，所有的人都在惊慌失措地摇晃，而且都是不由自主。所发生的一切事都丧失了现实的原则，人们目瞪口呆、浑身发抖、莫名其妙和心惊胆战。就这样，当所有的不安、所有的恐惧、所有的虚张声势都聚集起来时，也就是说当叙述开始显示出无边无际的前景时，叙述断了。这时候大师和玛格丽特的爱情开始了，强劲有力的叙述一瞬间就转换成柔情似水，中间没有任何过渡，就是片刻的沉默也没有，仿佛是突然伸过来一双纤细的手，"咔嚓"一声扭断了一根铁管。

这时候283页过去了，这往往是一部作品找到方向的时候，最起码也是方向逐渐清晰起来的时候，因此在这样的时候再让两个崭新的人物出现，叙述的危险也随之产生，因为这时候读者开始了解叙述中的人物了，叙述中的各种关系也正是在这时候得到全部的呈现。叙述在经历了此刻的复杂以后，接下去应该是逐渐单纯地走向结尾。所以，作家往往只有出于无奈，才会在这时候让新的人物出来，作家这样做是因为新的人物能够带来新的情节和新的细节，将它们带入停滞不前的叙述中，从而推动叙述。

在这里，大师和玛格丽特的出现显然不是出于布尔加科夫的无奈，他们虽然带来了新的情节和新的细节，但是他们不是推动，而是改变了叙述的方向。这样一来，就注定了这部作品在叙述上的多层选择，也就是说它不是一部结构严密的作品。事实也正是如此，人们在这部作品中读到的是一段又一段光彩夺目的篇章，而章节之间的必要联结却显得并不重要了，有时候甚至没有联结，直接就是中断。

布尔加科夫在丰富的欲望和叙述的控制之间，做出了明智的选择，他要表达的事物实在是太多了，以至于叙述的完美必然会破坏事实的丰富，他干脆放任自己的叙述，让自己的想象和感受尽情发挥，直到淋漓尽致之时，他才会做出结构上的考虑。这时候大师和玛格丽特的重要性显示出来了，正是他们的爱情，虚幻的和抽象的爱情使《大师和玛格丽特》有了结构，同时也正是这爱情篇章的简短，这样也就一目了然，使结构在叙述中浮现了出来，让叙述在快速奔跑的时候有了回首一望，这回首一望恰到好处地拉住了快要迷途不返的叙述。

《大师和玛格丽特》似乎证明了这样的一种叙述，在一部五百页以上的长篇小说里，结构不应该是清晰可见的，它应该是时隐时现，它应该在叙述者训练有素的内心里，而不应该在急功近利的笔尖。只有这样，长篇小说里跌宕的幅度辽阔的叙述才不会受到伤害。

大师和玛格丽特，这是两个雕像般的人物，他们具有不可思议的完美，布尔加科夫让他们来自现实，又不给予他们现实的性格。与柏辽兹、斯乔帕、瓦列奴哈和里姆斯基他们相比，大师和玛格丽特实在不像是莫斯科的居民。这并不是指他们身上没有莫斯科平庸和虚伪的时尚，重要的是在他们的内心里我们读不到莫斯科的现实，而且他们的完美使他们更像是传说中的人物，让人们觉得他们和书中的撒旦、耶稣还有本丢·彼拉多一样古老，甚至还没有撒旦和耶稣身上的某些现实性，而大师笔下的犹太总督本丢·彼拉多，倒是和今天的政治家十分相近。

布尔加科夫在描叙这两个人物时，显然是放弃了他们应该具有的现实性。因为在《大师和玛格丽特》里，我们已经读到了足够多的现实。在柏辽兹、里姆斯基这些莫斯科的平庸之辈那里，布尔加科夫已经显示出了其洞察现实的天才，可以说是我们要什么，布尔加科夫就给了我们什么。就是在撒旦，在耶稣，在本丢·彼拉多那里，我们也读到了来自人间的沉思默想，来自人间的对死亡的恐惧和来自人间的如何让阴谋得以实现。

在长达十二年的写作里，布尔加科夫有足够多的时间来斟酌大师和玛格丽特，他不会因为疏忽而将他们写得像抒情诗那样与现实十分遥远。当然，他们也和现实格格不入。布尔加科夫之所以这样，就是要得到叙述上的不和谐，让大师和玛格丽特在整个叙述中突出起来，然后，正像前面所说的那样，使结构在叙述中得到浮现。

在《大师和玛格丽特》里，作为一个作家，大师与现实之间唯一的联系，就是他被剥夺了发表作品的自由，这一点和布尔加科夫的现实境况完全一致，这也是布尔加科夫自身的现实与作品之间的唯一联系。这样的联系十分脆弱，正是因为其脆弱，大师这个人物在布尔加科夫的笔下才如此虚幻。

在这里，布尔加科夫对自己的理解是虚幻的，或者说他宁愿虚幻地去理解自己。现实的压制使他完全退回到了自己的内心，接着又使他重新掌握了自己的命运，他将自己的命运推入到想象之中。于是出现了玛格丽特，这个美丽超凡的女子，与大师一样，她也沉浸在自己的想象之中。两个同样的人在莫斯科的某一个街角邂逅时，都是一眼就看出了对方的内心，爱情就这样开始了。

玛格丽特的出现，不仅使大师的内心获得了宁静，也使布尔加科夫得到了无与伦比的安慰。这个虚幻的女子与其说是为了大师而来，还不如说是布尔加科夫为自己创造的。大师只是布尔加科夫在虚构世界里的一个代表：当布尔加科夫思考时，他成为了语言；当布尔加科夫说话时，他成为了声音；当布尔加科夫抚摸时，他成为了手。因此可以这样说，玛格丽特是布尔加科夫在另一条人生道路上的全部的幸福，也是布尔加科夫现实与写作之间的唯一模糊之区。只有这样，布尔加科夫才能完好无损地保护住了自己的信念，就像人们常说的这是爱情的力量，并且将这样的信念继续下去，就是在自己生命结束以后，仍然让它向前延伸，因为他的另一条人生道路没有止境。

所以当大师的完美因为抽象而显得苍白时，玛格丽特的完美则是楚楚动人。对布尔加科夫来说，《大师和玛格丽特》中的大师在很大程度上只是结构的需要，玛格丽特就不仅仅是结构的需要了，她柔软的双肩同时还要挑起布尔加科夫内心沉重的爱情。

于是她不可逃避地变得极其忧郁，她的忧郁正是大师——其实是布尔加科夫——给予的，是大师在镜中映出的另一个人的现实造成的。玛格丽特被撒旦选中，出来担当魔鬼晚会的女主人，这位一夜皇后在布尔加科夫笔下光彩照人。虽然在这辉煌的篇章里，有关玛格丽特最多的描绘是她的视线，让她的视线去勾勒晚会的全部，也就是说在这个篇章里主要出现的都是别人，玛格丽特出现的只是眼睛，然而这正是人们常说的烘云托月，布尔加科夫向我们证明了烘云托月是最能让女人美丽，而且也是女人最为乐意的。

不久之后，玛格丽特开始在天空飞翔了，这又是一段美丽无比的描叙，让玛格丽特的身体在夜空的风中舒展开来，虚幻之后的美已经无法表达，只有几声叹息来滥竽充数。飞翔的最后是看到了一条月光铺成的道路，这条道路来自于遥远的月亮，在月光路上，玛格丽特看到本丢·彼拉多拼命地追赶着耶稣，大声喊叫着告诉耶稣：杀害他的不是本丢·彼拉多。

　　作家就是这样，穷尽一生的写作，总会有那么一两次出于某些隐秘的原因，将某一个叙述中的人物永远留给自己。这既是对自己的纪念，也是对自己的奖励。布尔加科夫同样如此，玛格丽特看上去是属于《大师和玛格丽特》的，是属于所有阅读者的，其实她只属于布尔加科夫。她是布尔加科夫内心的所有的爱人，是布尔加科夫对美的所有的感受，也是布尔加科夫漫长的人生中的所有力量。在玛格丽特这里，布尔加科夫的内心得到了所有的美和所有的爱，同时也得到了所有的保护。玛格丽特在天空的飞翔曾经中断过一次，就是为了大师，也就是布尔加科夫，她在莫斯科的上空看到了伤害大师的批评家拉铜斯基的住所，于是她毅然中断了美丽的飞翔，降落到了拉铜斯基的家中，将所有的仇恨都发泄了出来。事实上她的仇恨正是布尔加科夫的仇恨，而她的发泄又正是布尔加科夫内心深处对自己的保护。有时候道理就是这样简单。

幽默与现实

可以说，《大师和玛格丽特》的写作，是布尔加科夫在生命最后岁月里最为真实的生活，这位几乎是与世隔绝的作家，就是通过写作，不停的写作使自己与现实之间继续着藕断丝连的联系。

在卡夫卡之后，布尔加科夫成为20世纪又一位现实的敌人，不同的是卡夫卡对现实的仇恨源自于自己的内心，而布尔加科夫则有切肤之痛，并且伤痕累累。因此，当他开始发出一生中最后的声音时，《大师和玛格丽特》就成为了道路，把他带到了现实面前，让他的遗嘱得到了发言的机会。

这时候对布尔加科夫来说，与现实建立起什么样的关系就显得极其重要了，显然他绝不会和现实妥协，可是和现实剑拔弩张又会使他的声音失去力量，他的声音很可能会成为一堆谩骂，一堆哭叫。

他两者都放弃了，他做出的选择是一个优秀作家应有的选择，最后他与现实建立了幽默的关系。他让魔鬼访问莫斯科，作品一开始他就表明了自己的态度，那就是他要讲述的不是一个斤斤计较的故事，他要告诉我们的不是个人的恩怨，而是真正意义上的现实，这样的现实不是人们所认为的实在的现实，而是事实、想象、荒诞的现实，是过去、现在、将来的现实，是应有尽有的现实。同时他也表明了自己的内心在仇恨之后已经获得了宁静。所以，他把撒旦请来了。撒旦在作品中经常沉思默想，这样的品格正是布尔加科夫历尽艰难之后的安详。

因此，布尔加科夫对幽默的选择不是出于修辞的需要，不是叙述中机智的讽刺和人物俏皮的发言。在这里，幽默成为了结构，成为了叙述中控制的恰如其分的态度，也就是说幽默使布尔加科夫找到了与世界打交道的最好方式。

正是这样的方式，使布尔加科夫在其最后的写作里，没有被自己的仇恨淹没，也没有被贫穷拖垮，更没有被现实欺骗。同时，他的想象力，他的洞察力，他写作的激情开始茁壮成长了。就这样，在那最后的十二年里，布尔加科夫解放了《大师和玛格丽特》的叙述，也解放了自己越来越阴暗的内心。

一九九六年八月二十日

博尔赫斯的现实

这是一位退休的图书馆馆长、双目失明的老人，一位女士的丈夫，作家和诗人。就这样，晚年的博尔赫斯带着四重身份，离开了布宜诺斯艾利斯之岸，开始其漂洋过海的短暂生涯，他的终点是日内瓦。就像其他感到来日不多的老人一样，博尔赫斯也选择了落叶归根，他如愿以偿地死在了日内瓦。一年以后，他的遗孀接受了一位记者的采访。

玛丽娅·科达玛因为悲伤显得异常激动，记者在括号里这样写道："整个采访中，她哭了三次。"然而有一次，科达玛笑了，她告诉记者："我想我将会梦见他，就像我常常梦见我的父亲一样。密码很快就会出现，我们两人之间新的密码，需要等待……这是一个秘密。它刚刚到来……我与我父亲之间就有一个密码。"

作为一位作家，博尔赫斯与现实之间似乎也有一个密码，使迷恋他的读者在他生前，也在他死后都处于科达玛所说的"需要等待"之中，而且"这是一个秘密"。确实是一个秘密，很少有作家像博尔赫斯那样写作，当人们试图从他的作品中眺望现实时，能看到什么呢？

他似乎生活在时间的长河里，他的叙述里转身离去的经常是一些古老的背影，来到的又是虚幻的声音，而现实只是昙花一现的景色。于是就有了这样的疑惑，从1899年8月24日到1986年6月14日之间出现过的那个名叫博尔赫斯的生命，是否真的如此短暂？因为人们阅读中的博尔赫斯似乎有着历史一样的高龄，和源源不断的长寿。

就像他即将落叶归根之时，选择了日内瓦，而不是他的出生地布宜诺斯艾利斯，博尔赫斯将自己的故乡谜语般地隐藏在自己的内心深处，他也谜语一样地选择了自己的现实，让它在转瞬即逝中始终存在着。

这几乎也成为了博尔赫斯叙述时的全部乐趣。在和维尔杜戈·富恩斯特的那次谈话里，博尔赫斯说："他（指博尔赫斯自己）写的短篇小说中，我比较喜欢的是《南方》《乌尔里卡》和《沙之书》。"

《乌尔里卡》开始于一次雪中散步，结束在旅店的床上。与博尔赫斯其他小说一样，故事单纯的就像是挂在树叶上的一滴水，一个上了年纪的男人和一个似乎还年轻的女人。博尔赫斯在小说的开始令人费解地这样写道："我的故事一定忠于事实，或者至少忠于我个人记忆所及的事实。"

这位名叫乌尔里卡的女子姓什么？哈维尔·奥塔罗拉，也就是叙述中的"我"并不知道。两个人边走边说，互相欣赏着对方的发言，由于过于欣赏，两个人说的话就像是出自同一张嘴。最后"天老地荒的爱情在幽暗中荡漾，我第一次也是最后一次占有了乌尔里卡肉体的形象"。

为什么在"肉体"的后面还要加上"形象"？从而使刚刚来到的"肉体"的现实立刻变得虚幻了。这使人们有理由怀疑博尔赫斯在小说开始时声称的"忠于事实"是否可信？因为人们读到了一个让事实飞走的结尾。其实博尔赫斯从一开始就不准备拿事实当回事，与其他的优秀作家一样，叙述中的博尔赫斯不会是一个信守诺言的人。他将乌尔里卡的肉体用"形象"这个词虚拟了，并非他不会欣赏和品味女性之美，这方面他恰恰是个行家，他曾经在另一个故事里写一位女子的肉体时，使用了这样的感受："平易近人的身体。"他这样做就是为了让读者离开现实，这是他一贯的叙述方式，他总是乐意表现出对非现实处理的更多关心。

仍然是在和维尔杜戈·富恩斯特的那次谈话里，我们读到了两个博尔赫斯，作为"我"的这个博尔赫斯谈论着那个"他"的博尔赫斯。有意思的是，在这样一次随便的朋友间的交谈里，博尔赫斯议论自己的时候，始终没有使用"我"这个词，就像是议论别人似的说"他"，或者就是直呼其名。谈话的最后，博尔赫斯告诉维尔杜戈·富恩斯特："我不知道我们两人之中谁和你谈话。"

这让我们想到了那篇只有一页的著名短文《博尔赫斯和我》，一个属于生活的博尔赫斯如何对那个属于荣誉的博尔赫斯心怀不满，因为那个荣誉的博尔赫斯让生活中的博尔赫斯感到自己不像自己了，就像老虎不像老虎、石头不像石头那样，他抱怨道："与他的书籍相比，我在许多别的书里，在一把吉他累人的演奏之中，更能认出我自己。"

然而到了最后，博尔赫斯又来那一套了："我不知道我俩之中是谁写下了这一页。"

这就是怀疑，或者说这就是博尔赫斯的叙述。在他的诗歌里、在他的故事里以及他的随笔，甚至是那些前言里，博尔赫斯让怀疑流行在自己的叙述之中，从而使他的叙述经常出现两个方向，它们互相压制，同时又互相解放。

当他一生的写作完成以后，在其为数不多的作品里，我们看到博尔赫斯有三次将自己放入了叙述之中。第三次是在1977年，已经双目失明的博尔赫斯写下了一段关于1983年8月25日的故事，在这个夜晚的故事里，六十一岁的博尔赫斯见到了八十四岁的博尔赫斯，年老的博尔赫斯说话时，让年轻一些的博尔赫斯感到是自己在录音带上放出的那种声音。与此同时，后者过于衰老的脸，让年轻的博尔赫斯感到不安，他说："我讨厌你的面孔，它是我的漫画。"

"真怪，"那个声音说，"我们是两个人，又是一个人……"

这个事实使两个博尔赫斯都深感困惑，他们相信这可能是一个梦，然而，"到底是谁梦见了谁？我知道我梦见了你，可是不知道你是否也梦见了我？"……"最重要的是要弄清楚，是一个人做梦还是两个人做梦。"有趣的是，当他们回忆往事时，他们都放弃了"我"这个词，两个博尔赫斯都谨慎地用上了"我们"。

与其他作家不一样，博尔赫斯在叙述故事的时候，似乎有意要使读者迷失方向，于是他成为了迷宫的创造者，并且乐此不疲。即便是在一些最简短的故事里，博尔赫斯都假装要给予我们无限多的乐趣，经常是多到让我们感到一下子拿不下。而事实上他给予我们的并不像他希望的那么多，或者说并不比他那些优秀的同行更多。不同的地方就在于他的叙述，他的叙述总是假装地要确定下来了，可是永远无法确定。我们耐心细致地阅读他的故事，终于读到了期待已久的肯定时，接踵而来的立刻是否定。于是我们又得重新开始，我们身处迷宫之中，而且找不到出口，这似乎正是博尔赫斯乐意看到的。

另一方面，这样的叙述又与他的真实身份——图书馆员吻合了起来，作为图书馆员的他，有理由将自己的现实建立在九十万册的藏书之上，以此暗示他拥有了与其他所有作家完全不同的现实。从而让我们读到"无限、混乱与宇宙，泛神论与人性，时间与永恒，理想主义与非现实的其他形式"。《迷宫的创造者博尔赫斯》的作者安娜·玛丽亚·巴伦奈切亚这样认为："这位作家的著作只有一个方面——对非现实的表现——得到了处理。"

这似乎是正确的，他的故事总是让我们难以判断：是一段真实的历史还是虚构？是深不可测的学问还是平易近人的描叙？是活生生的事实还是非现实的幻觉？叙述上的似是而非，使这一切都变得真假难辨。

在那篇关于书籍的故事《沙之书》里，我们读到了一个由真实堆积起来的虚幻。一位退休的老人得到了一册无始无终的书：

"页码的排列引起了我的注意，比如说，逢双的一页印的是40，514，接下去却是999。我翻过那一页，背面的页码有八位数，像字典一样，还有插画：一个钢笔绘制的铁锚……我记住地方，合上书。随即又打开。尽管一页一页地翻阅，铁锚图案却再也找不到了。"

"他让我找第一页……我把左手按在封面上，大拇指几乎贴着食指去揭书页。白费劲，封面和手之间总有好几页。仿佛是从书里冒出来的……现在再找找最后一页……我照样失败。"

"我发现每隔两千页有一帧小插画。我用一本有字母索引的记事簿把它们临摹下来，记事簿不久就用完了。插画没有一张重复。"

这些在引号里的段落是《沙之书》中最为突出的部分，因为它将我们的阅读带离了现实，走向令人不安的神秘。就像作品中那位从国立图书馆退休的老人一样，用退休金和花体字的威克利夫版《圣经》换来了这本神秘之书，一本随时在生长和消亡的无限的书，最后的结局却是无法忍受它的神秘。他想到"隐藏一片树叶的最好地点是树林"，于是就将这本神秘之书偷偷放在了图书馆某一层阴暗的搁架上，隐藏在了九十万册藏书之中。

博尔赫斯在书前引用了英国玄学派诗人乔治·赫伯特的诗句：

……你的沙制的绳索……

他是否在暗示"沙之书"其实和赫伯特牧师的"沙制的绳索"一样的不可靠？然而在叙述上，《沙之书》却是用最为直率的方式讲出的，同时也是讲述故事时最为规范的原则。我们读到了街道、房屋、敲门声、两个人的谈话，谈话被限制在买卖的关系中……

　　显然，博尔赫斯是在用我们熟悉的方式讲述我们所熟悉的事物，即使在上述引号里的段落，我们仍然读到了我们的现实："页码的排列"、"我记住地方，合上书"、"我把左手按在封面上"、"把它们临摹下来"，这些来自生活的经验和动作让我们没有理由产生警惕，恰恰是这时候，令人不安的神秘和虚幻来到了。

　　这正是博尔赫斯叙述里最为迷人之处，他在现实与神秘之间来回走动，就像在一座桥上来回踱步一样自然流畅和从容不迫。与他的其他故事相比，比如说《巴别图书馆》这样的故事，《乌尔里卡》和《沙之书》多少还为我们提供了一些现实的场景和可靠的时间，虽然他的叙述最终仍然让我们感到了场景的非现实和时间的不可靠，起码我们没有从一开始就昏迷在他的叙述之中。而另外一些用纯粹抽象方式写出的故事，则从一开始就拒我们于千里之外，如同观看日出一样，我们知道自己看到了，同时也看清楚了，可是我们永远无法接近它。虽然里面迷人的意象和感受已经深深地打动了我们，可我们依然无法接近。值得注意的是这些意象和感受总是和他绵绵不绝的思考互相包括，丝丝入扣之后变得难以分辨。

　　于是博尔赫斯的现实也变得扑朔迷离，他的神秘和幻觉、他的其他的非现实倒是一目了然。他的读者深陷在他的叙述之中，在他叙述的花招里长时间昏迷不醒，以为读到的这位作家是史无前例的，读到的这类文学也是从未有过的，或者说他们读到的已经不是文学，而是智慧、知识和历史的化身。最后他们只能同意安娜·玛丽亚·巴伦奈切亚的话：读到的是"无限、混乱与宇宙，泛神论与人性，时间与永恒，理想主义与非现实的其他形式"。博尔赫斯自己也为这位女士的话顺水推舟，他说："我感谢她对一个无意识过程的揭示。"

事实上，真正的博尔赫斯并非如此虚幻。当他离开那些故事的叙述，而创作他的诗歌和散文时，他似乎更像博尔赫斯。他在一篇题为《神曲》的散文里这样写："但丁试图让我们感到离弦飞箭到达的速度，就对我们说，箭中了目标，离了弦，把因果关系倒了过来，以此表现事情发生的速度是多么快……我还要回顾一下《地狱篇》第五唱的最后一句……'倒下了，就像死去的躯体倒下。'为什么令人难忘？因为有'倒下'的声响。"

在这里，博尔赫斯向我们揭示了语言里最为敏感的是什么，就像他在一篇小说里写到某个人从世上消失时，用了这样的比喻："仿佛水消失在水中。"他让我们知道，比喻并不一定需要另外事物的帮助，水自己就可以比喻自己。他把本体和喻体，还有比喻词之间原本清晰可见的界线抹去了。

在一篇例子充足的短文《比喻》里面，博尔赫斯指出了两种已经存在的比喻：亚里士多德认为比喻生成于两种不同事物的相似性，和斯诺里所收集的并没有相似性的比喻。博尔赫斯说："亚里士多德把比喻建立在事物而非语言上……斯诺里收集的比喻不是……只是语言的建构。"

历史学家斯诺里·斯图鲁松所收集的冰岛诗歌中的比喻十分有趣，博尔赫斯向我们举例："比如愤怒的海鸥、血的猎鹰和血色或红色天鹅象征的乌鸦；鲸鱼屋子或岛屿项链意味着大海；牙齿的卧室则是指嘴巴。"

博尔赫斯随后写道："这些串连在诗句中的比喻一经他精心编织，给人（或曾给人）以莫大的惊喜。但是过后一想，我们又觉得它们没有什么，无非是些缺乏价值的劳作。"

在对亚里士多德表示了温和的不赞成，和对斯诺里的辛勤劳动否定之后，博尔赫斯顺便还嘲笑了象征主义和词藻华丽的意大利诗人马里诺，接下去他一口气举出了十九个比喻的例子，并且认为"有时候，本质的统一性比表面的不同性更难觉察"。

显然，博尔赫斯已经意识到了比喻有时候也存在于同一个事物的内部，这时候出现的比喻往往是最为奇妙的。虽然博尔赫斯没有直接说出来，当他对但丁的"倒下了，就像死去的躯体倒下"赞不绝口的时候，当他在《圣经·旧约》里读到"大卫长眠于父母身旁，葬于大卫城内"时，他已经认识了文学里这一支最为奇妙的家族，并且通过写作，使自己也成为了这一家族中的成员。

于是我们读到了这样的品质，那就是同一个事物就足可以完成一次修辞的需要，和结束一次完整的叙述。博尔赫斯具备了这样的智慧和能力，就像他曾经三次将自己放入到叙述之中，类似的才华在他的作品里总是可以狭路相逢。这才真正是他与同时代很多作家的不同之处，那些作家的写作都是建立在众多事物的关系上，而且还经常是错综复杂的关系，所以他们必须解开上百道方程式，才有希望看到真理在水中的倒影。

博尔赫斯不需要通过几个事物相互建立起来的关系写作，而是在同一事物的内部进行着瓦解和重建的工作。他有着奇妙的本领，他能够在相似性的上面出现对立，同时又可以是一致。他似乎拥有了和真理直接对话的特权，因此他的声音才那样的简洁、纯净和直接。

他的朋友，美国人乔瓦尼在编纂他的诗歌英译本的时候发现："作为一个诗人，博尔赫斯多年来致力于使他的写作愈来愈明晰、质朴和直率。研究一下他通过一本又一本诗集对早期诗作进行的修订，就能看出一种对巴罗克装饰的清除，一种对使用自然词序和平凡语言的更大关心。"

在这个意义上，博尔赫斯显然已经属于了那个古老的家族。在他们的族谱上，我们可以看到这样的名字：荷马、但丁、蒙田、塞万提斯、拉伯雷、莎士比亚……虽然博尔赫斯的名字远没有他那些遥远的前辈那样耀眼，可他不多的光芒足以照亮一个世纪，也就是他生命逗留过的 20 世纪。在博尔赫斯这里，我们看到一种古老的传统，或者说是古老的品质，历尽艰难之后成为了永不消失。这就是一个作家的现实。

当他让两个博尔赫斯在漫长旅途的客栈中相遇时，毫无疑问这是一个在幻觉里展开的故事，可是当年轻一些的博尔赫斯听到年老的博尔赫斯说话时，感到是自己在录音带上放出的那种声音。多么奇妙的录音带，录音带的现实性使幻觉变得真实可信，使时间的距离变得合理。在他的另一个故事《永生》里，一个人存活了很多个世纪，可是当这个长生不死的人在沙漠里历经艰辛时，博尔赫斯这样写道："我一连好几天没有找到水，毒辣的太阳、干渴和对干渴的恐惧使日子长得难以忍受。"在这个充满神秘的故事里，博尔赫斯仍然告诉了我们什么是恐惧，或者说什么才是恐惧的现实。

这就是博尔赫斯的现实。尽管他的故事是那样的神秘和充满了幻觉，时间被无限地拉长了，现实又总是转瞬即逝，然而当他笔下的人物表达感受和发出判断时，立刻让我们有了切肤般的现实感。就像他告诉我们，在"干渴"的后面还有更可怕的"对干渴的恐惧"那样，博尔赫斯洞察现实的能力超凡脱俗，他外表温和的思维里隐藏着尖锐，只要进入一个事物，并且深入进去，对博尔赫斯来说已经足够了。

这正是博尔赫斯叙述中最为坚实的部分，也是一切优秀作品得以存在的支点，无论这些作品是写实的，还是荒诞的或者是神秘的。

然而，迷宫似的叙述使博尔赫斯拥有了另外的形象，他自己认为："我知道我文学产品中最不易朽的是叙述。"事实上，他如烟般飘起的叙述却是用明晰、质朴和直率的方式完成的，于是最为变幻莫测的叙述恰恰是用最为简洁的方式创造的。因此，美国作家约翰·厄普代克这样认为：博尔赫斯的叙述"回答了当代小说的一种深刻需要——对技巧的事实加以承认的需要"。

与其他作家不同，博尔赫斯通过叙述让读者远离了他的现实，而不是接近。他似乎真的认为自己创造了叙述的迷宫，认为他的读者找不到出口，同时又不知道身在何处。他在《秘密奇迹》的最后这样写："行刑队用四倍的子弹，将他打倒。"

这是一个奇妙的句子，博尔赫斯告诉了我们"四倍的子弹"，却不说这四倍的基数是多少。类似的叙述充满了他的故事，博尔赫斯似乎在暗示我们，他写到过的现实比任何一个作家都要多。他写了四倍的现实，可他又极其聪明地将这四倍的基数秘而不宣。在这不可知里，他似乎希望我们认为他的现实是无法计算的，认为他的现实不仅内部极其丰富，而且疆域无限辽阔。

他曾经写到过有个王子一心想娶一个世界之外的女子为妻，于是巫师"借助魔法和想象，用栎树花和金雀花，还有合叶子创造了这个女人"。博尔赫斯是否也想使自己成为文学之外的作家？

一九九八年三月三日

契诃夫的等待

安·巴·契诃夫在本世纪初创作了剧本《三姐妹》，娥尔加、玛莎和衣丽娜。她们的父亲是一位死去的将军，她们哥哥的理想是成为一名大学教授，她们活着，没有理想，只有梦想，那就是去莫斯科。莫斯科是她们童年美好时光的证词，也是她们成年以后唯一的向往。她们日复一日，年复一年地等待着，岁月流逝，她们依然坐在各自的椅子里，莫斯科依然存在于向往之中，而"去"的行为则始终作为一个象征，被娥尔加、玛莎和衣丽娜不断透支着。

这个故事开始于一座远离莫斯科的省城，也在那里结束。这似乎是一切以等待为主题的故事的命运，周而复始，叙述所渴望到达的目标，最终却落在了开始处。

半个世纪以后，萨缪尔·贝克特写下了《等待戈多》，爱斯特拉冈和弗拉季米尔，这两个流浪汉进行着重复的等待，等待那个永远不会来到的名叫戈多的人。最后，剧本的结尾还原了它的开始。

这是两个风格相去甚远的剧作，它们风格之间的距离与所处的两个时代一样遥远，或者说它们首先是代表了两个不同的时代，其次才代表了两个不同的作家。又是半个世纪以后，林兆华的戏剧工作室将《三姐妹》和《等待戈多》变成了《三姐妹·等待戈多》，于是另一个时代介入了进去。

有趣的是，这三个时代在时间距离上有着平衡后的和谐，这似乎是命运的有意选择，果真如此的话，这高高在上的命运似乎还具有着审美的嗜好。促使林兆华将这样两个戏剧合二为一的原因其实十分简单，用他自己的话说，就是"等待"。"因为'等待'，俄罗斯的'三姐妹'与巴黎的'流浪汉'在此刻的北京相遇。"

可以这么说，正是契诃夫与贝克特的某些神合之处，让林兆华抓到了把柄，使他相信了他们自己的话："一部戏剧应该是舞台艺术家以极致的风格去冲刺的结果。"这段既像宣言又像广告一样的句子，其实只是为了获取合法化的自我辩护。什么是极致的风格？1901年的《三姐妹》和1951年的《等待戈多》可能是极致的风格，而在1998年，契诃夫和贝克特已经无须以此为生了。或者说，极致的风格只能借用时代的目光才能看到，在历史眼中，契诃夫和贝克特的叛逆显得微不足道，重要的是他们展示了情感的延续和思想的发展。林兆华的《三姐妹·等待戈多》在今天可能是极致的风格，当然也只能在今天。事实上，真正的意义只存在于舞台之上，台下的辩护或者溢美之词无法烘云托月。

将契诃夫忧郁的优美与贝克特悲哀的粗俗安置在同一个舞台和同一个时间里，令人惊讶，又使人欣喜。林兆华模糊了两个剧本连接时的台词，同时仍然突出了它们各自的语言风格。舞台首先围起了一摊水，然后让水围起了没有墙壁的房屋，上面是夜空般宁静的玻璃，背景时而响起没有歌词的歌唱。三姐妹被水围困着，她们的等待从一开始就被强化成不可实现的纯粹的等待。而爱斯特拉冈和弗拉季米尔只有被驱赶到前台时才得以保留自己的身份，后退意味着衰老五十年，意味着身份的改变，成为了中校和男爵。这两个人在时间的长河里游手好闲，一会儿去和玛莎和衣丽娜谈情说爱，一会儿又跑回来等待戈多。

这时候更能体会契诃夫散文般的优美和贝克特诗化的粗俗，舞台的风格犹如秀才遇到了兵，古怪的统一因为风格的对抗产生了和谐。贝克特的台词生机勃勃，充满了北京街头的气息，契诃夫的台词更像是从记忆深处发出，遥远的像是命运在朗诵。

林兆华希望观众能够聆听，"听听大师的声音"，他认为这样就足够了。聆听的结果使我们发现在外表反差的后面，更多的是一致。似乎舞台上正在进行着一场同性的婚姻，结合的理由不是相异，而是相同。

《三姐妹》似乎是契诃夫内心深处的叙述，如同那部超凡脱俗的《草原》，沉着冷静，优美动人，而不是《一个官员的死》这类聪明之作。契诃夫的等待犹如不断延伸的道路，可是它的方向并不是远方，而是越来越深的内心。娥尔加在等待中慢慢衰老起来；衣丽娜的等待使自己失去了现实对她的爱——男爵，这位单相思的典范最终死于决斗；玛莎是三姐妹中唯一的已婚者，她似乎证实了这样的话：有婚姻就有外遇。玛莎突然爱上了中校，而中校只是她们向往中的莫斯科的一个阴影，被错误地投射到这座沉闷的省城，阳光移动以后，中校就被扔到了别处。

跟随将军的父亲来到这座城市的三姐妹和她们的哥哥安得列，在父亲死后就失去了自己的命运，他们的命运与其掌握者——父亲，一起长眠于这座城市之中。

安得列说："因为我们的父亲，我和姐妹们才学会了法语、德语和英语，衣丽娜还学会了意大利语。可是学这些真是不值得啊！"

玛莎认为："在这城市里会三国文字真是无用的奢侈品。甚至连奢侈品都说不上，而是像第六个手指头，是无用的附属品。"

安得列不是"第六个手指"，他娶了一位不懂得美的女子为妻，当他的妻子与地方自治会主席波波夫私通后，他的默许使他成为了地方自治会的委员，安得列成功地将自己的内心与自己的现实分离开来。这样一来，契诃夫就顺理成章地将这个悲剧人物转化成喜剧的角色。

娥尔加、玛莎和衣丽娜，她们似乎是契诃夫的恋人，或者说是契诃夫的"向往中的莫斯科"。像其他的男人希望自己的恋人洁身自好一样，契诃夫内心深处的某些涌动的理想，创造了三姐妹的命运。他维护了她们的自尊，同时也维护了她们的奢侈和无用，最后使她们成为了"第六个手指"。

于是，命中注定了她们在等待中不会改变自我，等待向前延伸着，她们的生活却是在后退，除了那些桦树依然美好，一切都在变得今不如昔。这城市里的文化阶层是一支军队，只有军人可以和她们说一些能够领会的话，现在军队也要走了。

衣丽娜站在舞台上，她烦躁不安，因为她突然忘记了意大利语里"窗户"的单词。

安·巴·契诃夫的天才需要仔细品味。岁月流逝，青春消退，当等待变得无边无际之后，三姐妹也在忍受着不断扩大的寂寞、悲哀和消沉。这时候契诃夫的叙述极其轻巧，让衣丽娜不为自己的命运悲哀，只让她为忘记了"窗户"的意大利语单词而伤感。如同他的同胞柴可夫斯基的《悲怆》，一段抒情小调的出现，是为了结束巨大的和绝望的管弦乐。契诃夫不需要绝望的前奏，因为三姐妹已经习惯了自己的悲哀，习惯了的悲哀比刚刚承受到的更加沉重和深远，如同挡住航道的冰山，它们不会融化，只是在某些时候出现裂缝。当裂缝出现时，衣丽娜就会记不起意大利语的"窗户"。

萨缪尔·贝克特似乎更愿意发出一个时代的声音，当永远不会来到的戈多总是不来时，爱斯特拉冈说："我都呼吸得腻烦啦！"

弗拉季米尔为了身体的健康，同时也是为了消磨时间，提议做一些深呼吸，而结果却是对呼吸的腻烦。让爱斯特拉冈讨厌自己的呼吸，还有什么会比讨厌这东西更要命了？贝克特让诅咒变成了隐喻，他让那个他所不喜欢的时代自己咒骂自己，用的是最恶毒的方式，然而又没有说粗话。

与契诃夫一样，贝克特的等待也从一开始就画地为牢，或者说他的等待更为空洞，于是也就更为纯粹。

三姐妹的莫斯科是真实存在的，虽然在契诃夫的叙述里，莫斯科始终存在于娥尔加、玛莎和衣丽娜的等待之中，也就是说存在于契诃夫的隐喻里，然而莫斯科自身具有的现实性，使三姐妹的台词始终拥有了切实可信的方向。

爱斯特拉冈和弗拉季米尔的戈多则十分可疑，在高度诗化之后变得抽象的叙述里，戈多这个人物就是作为象征都有点靠不住。可以这么说，戈多似乎是贝克特的某一个秘而不宣的借口；或者，贝克特自己对戈多也是一无所知。因此爱斯特拉冈和弗拉季米尔的等待也变得随心所欲和可有可无，他们的台词犹如一盘散沙，就像他们拼凑起来的生活，没有目标，也没有意义，他们仅仅是为了想说话才站在那里滔滔不绝，就像田野里耸立的两支烟囱要冒烟一样，可是他们生机勃勃。

贝克特的有趣之处在于：如果将爱斯特拉冈和弗拉季米尔的任何一句台词抽离出来，我们会感到贝克特给了我们活生生的现实，可是将它们放回到原有的叙述之中，我们发现贝克特其实给了我们一盘超现实的杂烩。

大约十年前，我读到过一位女士的话。在这段话之前，我觉得有必要提醒一下，这位女士一生只挚爱一位男子，也就是她的丈夫。现在，我们可以来听听她是怎么说的，她说：当我完全彻底拥有一位男人时，我才能感到自己拥有了所有的男人。

这就是她的爱情，明智的、洞察秋毫的和丰富宽广的爱情。当她完全彻底拥有了一位男人，又无微不至地品味后，她就有理由相信普天之下的男人其实只有一个。

同样的想法也在一些作家那里出现，博尔赫斯说："许多年间，我一直认为几近无限的文学集中在一个人身上。"接下去他这样举例："这个人曾经是卡莱尔、约翰尼斯·贝希尔、拉法埃尔·坎西诺斯 - 阿森斯和狄更斯。"

虽然博尔赫斯缺乏那位女士忠贞不渝的品质，他在变换文学恋人时显得毫无顾虑，然而他们一样精通此道。对他们来说，文学的数量和生活的数量可能是徒劳无益的，真正有趣的是方式，欣赏文学和品尝生活的方式。马赛尔·普鲁斯特可能是他们一致欣赏的人，这位与哮喘为伴的作家有一次下榻在旅途的客栈里，他躺在床上，看着涂成海洋颜色的墙壁，然后他感到空气里带有盐味。普鲁斯特在远离海洋的时候，依然真实地感受着海洋的气息，欣赏它和享受它。这确实是生活的乐趣，同时也是文学的乐趣。

在《卡夫卡及其先驱者》一文里，博学多才的博尔赫斯为卡夫卡找到了几位先驱者，"我觉得在不同国家、不同时代的文学作品中辨出了他的声音，或者说，他的习惯"。精明的博尔赫斯这样做并不是打算刁难卡夫卡，他其实想揭示出存在于漫长文学之中的"继续"的特性，在鲜明的举例和合理的逻辑之后，博尔赫斯告诉我们："事实是每一位作家创造了他自己的先驱者。"

在这个结论的后面，我们发现一些来自于文学或者艺术的原始的特性，某些古老的品质，被以现代艺术的方式保存了下来，从而使艺术中"继续"的特性得以不断实现。比如说等待。

马赛尔·普鲁斯特在其绵延不绝的《追忆似水年华》里，让等待变成了品味自己生命时的自我诉说，我们经常可以读到他在床上醒来时某些甜蜜的无所事事，"醒来时他本能地从中寻问，须臾间便能得知他在地球上占据了什么地点，醒来前流逝了多长时间"。或者他注视着窗户，阳光从百叶窗里照射进来，使他感到百叶窗上插满了羽毛。

只有在没有目标的时候，又在等待自己的某个决定来到时，才会有这样的心情和眼睛。等待的过程总是有些无所事事，这恰恰是体会生命存在的美好时光。而普鲁斯特与众不同的是，他在入睡前就已经开始了——"我情意绵绵地把腮帮贴在枕头的鼓溜溜的面颊上，它像我们童年的脸庞，那么饱满、娇嫩、清新。"

等待的主题也在但丁的漫长的诗句里反复吟唱，《神曲·炼狱篇》第四歌中，但丁看到他的朋友，佛罗伦萨的乐器商贝拉加在走上救恩之路前犹豫不决，问他你为什么坐在这里？你在等待什么？随后，但丁试图结束他的等待，"现在你赶快往前行吧……"

　　　　你看太阳已经碰到了子午线，
　　　　黑夜已从恒河边跨到了摩洛哥。

普鲁斯特的等待和但丁的等待是叙述里流动的时间，如同河水抚摸岸边的某一块石头一样，普鲁斯特和但丁让自己的叙述之水抚摸了岸边所有等待的石头，他们的等待就这样不断消失和不断来到。因此，《神曲》和《追忆似水年华》里的等待总是短暂的，然而它们却是饱满的，就像"蝴蝶虽小，同样也把一生经历"。

与《三姐妹》和《等待戈多》更为接近的等待，是巴西作家若昂·吉马朗埃斯·罗萨的《河的第三条岸》，这部只有六千字的短篇小说，印证了契诃夫的话，契诃夫说："我能把一个长长的主题简短地表达出来。"

"父亲是一个尽职、本分、坦白的人。"故事的叙述就是这样朴素地开始，并且以同样的朴素结束。这个"并不比谁更愉快或更烦恼"的人，有一天订购了一条小船，从此开始了他在河上漂浮的岁月，而且永不上岸。他的行为给他的家人带去了耻辱，只有叙述者，也就是他的儿子出于某些难以言传的本能，开始了在岸边漫长的等待。后来叙述者的母亲、哥哥和姐姐都离开了，搬到了城里去居住，只有叙述者依然等待着父亲，他从一个孩子开始等待，一直到白发苍苍。

"终于，他在远处出现了，那儿，就在那儿，一个模糊的身影坐在船的后部。我朝他喊了好几次。我庄重地指天发誓，尽可能大声喊出我急切想说的话：

"'爸爸，你在河上浮游得太久了，你老了……回来吧，我会代替你。就在现在，如果你愿意的话。无论何时，我会踏上你的船，顶上你的位置。'

"……

"他听见了，站了起来，挥动船桨向我划过来……我突然浑身战栗起来。因为他举起他的手臂向我挥舞——这么多年来这是第一次。我不能……我害怕极了，毛发直竖，发疯地跑开了，逃掉了……从此以后，没有人再看见过他，听说过他……"

罗萨的才华使他的故事超越了现实，就像他的标题所暗示的那样，河的第三条岸其实是存在的，就像莫斯科存在于三姐妹的向往中，戈多存在于弗拉季米尔和爱斯特拉冈的无聊里。这个故事和契诃夫、贝克特剧作的共同之处在于：等待的全部意义就是等待的失败，无论它的代价是失去某些短暂的时刻，还是耗去毕生的幸福。

我们可以在几乎所有的文学作品中辨认出等待的模样，虽然它不时地改变自己的形象，有时它是某个激动人心的主题，另外的时候它又是一段叙述、一个动作或者一个心理的过程，也可以是一个细节和一行诗句，它在我们的文学里生生不息，无处不在。所以，契诃夫的等待并不是等待的开始，林兆华的等待也不会因此结束。

基于这样的理由，我们可以相信博尔赫斯的话：几近无限的文学有时候会集中在一个人身上，同时也可以相信那位女士的话：所有的男人其实只有一个。事实上，博尔赫斯或者那位女士在表达自己精通了某个过程的时候，也在表达各自的野心，骨子里他们是想拥有无限扩大的权力。在这一点上，艺术家或者女人的爱，其实与暴君是一路货色。

一九九八年五月十日

　　　　　　　　　　　　　　　　　　　　| 余华作品

山鲁佐德的故事

《一千零一夜》第 351 夜，山鲁佐德的冒险之旅刚刚走过三分之一，虽然她还没有改变山鲁亚尔来源于嫉妒的残暴，不过她用故事编织起来的陷阱已经趋向了完美，她的国王显然听从了那些故事的召唤，在痴迷之中将脚踩进了她的陷阱。于是，这位本来只有一夜命运的宰相之女，成功地延长了她的王后之夜。这一夜，这位将美丽和智慧凝聚一身的阿拉伯女子故伎重演，讲述的是一个破产的人一梦醒来又恢复财富的故事：

一个古代巴格达的富翁，因为拥有了无数的财产，所以构成了他挥金如土和坐吃山空的生活，最后就是一贫如洗。从荣华富贵跌入到贫穷落寞，这个人的内心自然忧郁苦恼，他终日闷闷不乐。有一天，他在睡梦里见到有人走过来对他说："你的衣食在埃及，上那儿去寻找吧。"

他相信了梦中所见，翌日就走上了背井离乡之路。在漫漫长途的奔波跋涉和心怀美梦的希望里，巴格达人来到了埃及。他进城时已是夜深人静，很难找到住宿，就投宿在一座礼拜堂中。当天夜里，礼拜堂隔壁的人家被盗，一群窃贼从礼拜堂内越墙去偷窃。主人梦中惊醒，呼喊捉贼，巡警闻声赶来，窃贼早已逃之夭夭，只有这个来自巴格达的穷光蛋还在堂中熟睡，于是他被当成窃贼扔进了监狱，饱尝一顿使其差点丧命的毒打。巴格达人度过了三天比贫困更加糟糕的牢狱生活后，省长亲自提审了他，问他来自何处。他回答来自巴格达；省长又问他为何来到埃及。他就想起那个曾经使他想入非非如今已让他伤心欲绝的美梦来，他告诉省长梦中有人说他的衣食在埃及，可是他在埃及得到的衣食却是一顿鞭子和牢狱的生活。

省长听后哈哈大笑，他认为自己见到了世上最愚蠢的人，他告诉巴格达人，他曾经三次梦见有人对他说："巴格达城中某地有所房子，周围有个花园，园中的喷水池下面埋着许多金银。"省长并不相信这些，认为这些不过是胡思乱梦，而这巴格达人却不辞跋涉来到埃及，巴格达人的愚蠢给省长带去了快乐，省长给了他一个银币，让他拿去做路费，对他说："赶快回去做个本分人吧。"

巴格达人收下省长的施舍，迅速起程，奔回巴格达。在省长有关梦境中那所巴格达房子的详尽描述里，他听出来正是自己的住宿。他一回家就开始了挖掘，地下的宝藏由此显露了出来——

与山鲁佐德讲述的其他故事一样，这个故事在现实和神秘之间如履薄冰，似乎随时都会冰破落水，然而山鲁佐德的讲述身轻如燕，使叙述中的险情一掠而过。山鲁佐德让梦中见闻与现实境遇既分又合，也就是说当故事的叙述必须穿越两者相连的边境时，山鲁佐德的故事就会无视边境的存在，仿佛行走在同样的国土上，而当故事离开边境之后，现实的国度和神秘的国度又会立刻以各自独立的方式呈现出来。这几乎是《一千零一夜》中所有故事叙述时的准则，它们的高超技巧其实来自于一个简单的行为：当障碍在叙述中出现时，解决它们的最好方式就是对它们视而不见。

显然，组成这个故事的基础是不断出现的暗示。我所说的暗示带有某些迷信的特征，就像巴格达人得到梦的启示一样，他此后风餐露宿的艰难经历只是为了证明梦中的见闻，而在叙述中以梦的形式出现的暗示其实十分脆弱和可疑。即使是阅读者，在它刚出现时对待它的态度也大多会和省长一致，很少会和巴格达人一致。仿佛是让行走者在一条道路上看到了很多方向，暗示的不可确定性不仅使人物的命运扑朔迷离，而且让故事也变得宿命了。这时候只有将迷信的激情注入到命运的暗示之中，方向才会逐渐清晰起来，然而前景仍然难以预测。山鲁佐德这个故事的迷人之处，在我看来，是让后面出现的暗示对前面暗示的证实。当巴格达人向省长讲述自己为何来到埃及后，省长讲述了自己的梦中见闻，故事的叙述出现了奇妙的汇合，巴格达人之梦和省长之梦在审讯里相逢。省长之梦是故事里第二个出现的暗示，这时候第一个暗示成为了它的梯子，使它似乎接近了宝藏。于是巴格达人选择了第二个梦境所指出的方向，与第一个梦境完全相反的方向，他回到了家中。让一个暗示去证实另一个暗示，从而使这个第 351 夜的故事始终沉浸在叙述的梦游里，一切都显得模棱两可和似是而非，直到巴格达人挖出了地下的宝藏，故事才如梦方醒。至于故事中有关宝藏的主题，在这里仅仅是叙述的借口，使故事前行时有一个理由，而且这样的理由随时都可以更换。因此，一个与宝藏无关的主题同样可以完成这个巴格达人的故事。正如人们常说的金钱是身外之物，对故事来说更是如此。

《一千零一夜》将民间世俗的理想、圆滑的人情世故、神秘主义的梦幻、现实主义的批判性，以及命运的因果报应和道德上的惩恶扬善熔于一炉，其漫长和庞杂的故事犹如连成一片后绵延不绝的山峰。然而重要的是——只要仔细阅读全书就会发现，叙述中合理的依据在其浩瀚的篇幅里随处可见，或者说正是这些来自于现实的可信的依据将故事里的每一个转折衔接得天衣无缝。

在其开篇《国王山鲁亚尔及其兄弟的故事》里，山鲁亚尔和沙宰曼兄弟在被他们各自的王后背叛之后，他们不再相信女人的诺言，开始信任某一位诗人的话——女人的喜怒哀乐，总是和她们的身体紧密相关。这位诗人接着说："她们的爱情是虚伪的爱情，衣服里包藏的全是阴险。"然后诗人警告道："莫非你不知道老祖宗亚当的结局，就是因为她们才被撵出乐园。"于是山鲁亚尔在此后对女人的残暴获得了逻辑的源泉，然后《一千零一夜》的讲述者山鲁佐德应运而生了。

山鲁佐德来到宫中，这位一夜王后延长她命运的法宝就是不断地去讲述那些令人着迷的故事。因此在这漫长叙述里的第一个重要的衔接出现了，那就是山鲁佐德如何开始向山鲁亚尔讲述她的故事？《一千零一夜》中遍布这样的转折，这些貌似平常的段落其实隐藏着叙述里最大的风险，因为它们直接影响了此后的叙述，在那些后来的展开部分和高潮部分里，叙述的基础是否坚实可信往往取决于前面转折时的衔接。山鲁佐德为自己的讲述寻找到了合理的依据，她让自己的妹妹在这一夜来到宫中，并且让妹妹提出让她讲述故事的请求。山鲁佐德向国王申请再见一面妹妹的理由是"作最后的话别"，国王自然同意。于是姐妹两人在宫中拥抱了，然后一起坐到床脚下，妹妹向山鲁佐德请求讲述一个故事，为的是让这个死亡之夜尽量快活。山鲁佐德顺水推舟："只要德高望重的国王许可，我自己是非常愿意讲的。"国王山鲁亚尔并不知道这是陷阱的开始，他欣然允诺，使自己也成为一名听众，而且将自己听众的身份持续了一千零一夜。

《一千零一夜》的叙述者没有让山鲁佐德以直接的方式对国王说——让我讲一个故事，而是以转折的方式让她的妹妹敦亚佐德来到宫中，使讲述故事这一行为获得了最大限度的合理性。这似乎就是叙述之谜，有时候用直接的方式去衔接恰恰会中断叙述的流动，而转折的方式恰恰是继续和助长了这样的流动。叙述中的转折犹如河流延伸时出现的拐弯，对河流来说，真实可信的存在方式是因为它曲折的形象，而不是笔直的形象。

在《洗染匠和理发师的故事》里，我们读到了两个相反的形象，奸诈和懒惰的艾彼·勾尔与善良和勤快的艾彼·绥尔。正如人们相信人世间经常存在着不公正，故事开始时好吃懒做和造谣撞骗的洗染匠与辛勤工作和心地单纯的理发师得到的是同样的命运——都是贫穷，于是两个绝然不同的人携手外出，他们希望能在异国他乡获得成功和财富。艾彼·勾尔是个天生的骗子，他的花言巧语使艾彼·绥尔毫无怨言地以自己的勤劳去养活他。以吃和睡来填充流浪中漫长旅途的艾彼·勾尔，在艾彼·绥尔病倒后偷走了他全部的钱财，然后远走高飞。山鲁佐德告诉我们：骗子同样有飞黄腾达的时候。当艾彼·勾尔来到某一城中，发现这里的洗染匠只会染出蓝色时，他去觐见了国王，声称他可以洗染出各种颜色的布料，国王就给了他金钱和建立一座染坊所需的一切。艾彼·勾尔一夜致富，而且深得国王的信任。然后故事开始青睐倒霉的艾彼·绥尔了，这位善良的理发师从病中康复后，终于知道了他的伙伴是一个什么人。可是当一贫如洗的他来到同样的城市时，他立刻忘记了艾彼·勾尔对他的背叛，他为艾彼·勾尔的成功满心欢喜，并且满腔热情地来到艾彼·勾尔高高的柜台前。接下去的情节是故事中顺理成章的叙述，艾彼·勾尔对艾彼·绥尔的迎接是指称他为窃贼，让手下的奴仆在他背上打了一百棍，又将他翻过来在胸前打了一百棍。以后就该轮到好人飞黄腾达了，这不仅仅是《一千零一夜》的愿望，差不多是所有民间故事叙述时的前途。山鲁佐德让伤心和痛苦的艾彼·绥尔发现城中没有澡堂，于是他也去觐见了国王，仁慈和慷慨的国王给了他多于艾彼·勾尔的金钱，也给了他建造一座澡堂的一切。于是艾彼·绥尔获得了超过艾彼·勾尔的成功，他的善良使他不去计较金钱，让顾客以自己收入的多少来付账，而且无论是王公贵族还是平民百姓，他都以同样的殷勤去招待。在山鲁佐德的故事里，坏蛋总是坏得十分彻底，他们损人往往不是为了利己，而是为了纯粹的损人。出于同样的理由，艾彼·勾尔设计陷害了艾彼·绥尔，让国王错误地以为艾彼·绥尔企图谋害他，国王决定处死善良的艾彼·绥尔。于是好人有好报的故事法则开始生效了，死刑的执法者是一位去过艾彼·绥尔的澡堂并且受到其殷勤侍候的船长，他相信艾彼·绥尔的为人，释放了他。后来艾彼·绥尔重新赢得了国王的信任，而艾彼·勾尔则是恶有恶报，最后轮到他被处死。处死他的方法曾经是处死艾彼·绥尔的方法，那就是将他放入一个大麻袋中，又将石灰灌满麻袋后扔进大海，这是一个充满了想象力的刑罚。艾彼·绥尔化险为夷，躲过此劫；艾彼·勾尔则不可能在《一千零一夜》里获得同样的好运，他被扔进了大海。他在被海水淹死的同时，也被石灰活活地烧死。

离奇曲折和跌宕起伏几乎是《一千零一夜》中所有故事的品质，也是山鲁佐德能够在山鲁亚尔屠刀下苟且偷生的法宝。在故事中，艾彼·绥尔重新获得国王的信任就是出于离奇和跌宕的理由。在好心的船长手里捡回生命的艾彼·绥尔，开始了渔夫的生涯。如同其他故事共有的叙述，落难之后往往会获得重新崛起的机遇，艾彼·绥尔在打上来的某一条鱼的肚子里看到了一枚宝石戒指，这枚神奇的戒指戴在手指上以后，只要举手致意，那么眼前的人就会人头落地。这是国王的宝石戒指，他之所以能够统辖三军，是因为人们慑于这枚戒指的威力。山鲁佐德紧凑地讲述着她的故事，她让国王失落权力的戒指与艾彼·绥尔的命运紧密相连，因此国王宝石戒指的失而复得也必然是艾彼·绥尔重获荣华富贵的开始。当船长释放艾彼·绥尔之后，他将一块大石头放入麻袋中以假乱真。船长划着小船来到宫殿附近，此刻的国王坐在临海的宫窗前，船长问国王是不是可以将艾彼·绥尔抛入海中，国王说抛吧，国王说话的时候举起戴着宝石戒指的右手一挥，一道闪光从他的手指上划到了海面，戒指掉入了大海。然后，戒指来到了艾彼·绥尔的手上。那个处死艾彼·绥尔的挥手，不久之后就转换成了他的幸运。艾彼·绥尔决定将戒指还给国王，以此来表示他的忠诚。于是，艾彼·绥尔的命运就像是一只暴跌后见底的股票，开始了强劲无比的反弹。

我欣赏的正是国王挥手间戒指掉入大海的描述，在离奇和跌宕不止的情节间的推动和转换里，山鲁佐德的讲述之所以能够深深地吸引着山鲁亚尔，有一点就是人物动作和言行的逼真描写，山鲁佐德说得丝丝入扣。她的故事就是在细节的真实和情节的荒诞之间，同时建立了神秘的国度和现实的国度，而且让阅读者无法找到两者间边境的存在。正是这样的讲述，使山鲁亚尔这个暴君在听到这些离奇故事的同时，内心里得到的却是合情合理的故事。这也是《一千零一夜》为什么会吸引我们的秘密所在。清晰明确和简洁朴素的叙述——这几乎是它一成不变的讲述故事的风格，然而当它的故事呈现出来时却是出神入化和变幻莫测。

可以这么说，《一千零一夜》是故事的广场，它差不多云集了故事中的典范。它告诉了我们：在故事里什么才是最为重要的。

就像国王处死艾彼·绥尔的挥手，这个挥手是如此的平常和随便，然而正是在这个会让人疏忽和视而不见的动作里，孕育了此后情节的异军突起。在此之前，国王的挥手与好运卷土重来的艾彼·绥尔之间似乎有着漫长的旅途，犹如生死之隔。可是当两者相连之后，阅读者才会意识到山鲁佐德的讲述仿佛是一段弥留之际的经历，生死之隔被取消了，两者间曾经十分遥远的距离顷刻成为了没有距离的重叠。第351夜的故事也同样如此，当省长的梦和巴格达人的梦在埃及相遇之时，阅读者期待中的最后结局也开始生根发芽了。《一千零一夜》告诉我们的就是这些：什么才是故事？什么才是故事前行时铺展出去的道路？我们总是沉醉在叙述中那些最为辉煌的段落之中，那些出人意料和惊心动魄的段落，那些使人想入非非和心醉神迷的段落；山鲁佐德的故事指出了这些华彩的篇章，这些高潮的篇章和最终结束的篇章其实来自于一个微小的和不动声色的细节，来自于类似国王挥手这样的描述，就像是那些粗壮的参天大树其实来自于细小的根须一样。

在我看来，这不仅仅是《一千零一夜》的叙述道路，也是其他故事成长时的座右铭，比如莎士比亚讲述的故事和蒙田经常引用的故事。毫无疑问，在夏洛克和安东尼奥签订契约时，莎士比亚就是要让这位狡诈的犹太商人忘记了一个事实的存在：如果割下安东尼奥身上一磅肉的话，同时会有安东尼奥的血。于是，夏洛克的这个疏忽造就了《威尼斯商人》里情节的跌宕和叙述的紧张；造就了想象的扩张和情感的动荡；造就了胜利和失败、同情和怜悯、正义和邪恶、生存和死亡；一句话，就是这个小小的细节造就了《威尼斯商人》的经久不衰。同样的道理，蒙田在《殊途同归》一文里，向我们讲述了日耳曼皇帝康拉德三世的故事，这位公元 10 世纪时期以强悍著名的皇帝，在他率部下包围了他的仇敌巴伐利亚公爵后，对巴伐利亚公爵提出的诱人条件和卑劣赔罪不屑一顾，他决心要置他的仇敌于死地。然而 10 世纪流行的胜利者的风度使康拉德三世丧失了这样的机会，他为了让同巴伐利亚公爵一起被围困的妇女保全体面，允许她们徒步出城，而且做出了一个微不足道和顺理成章的决定，允许这些妇女将能够带走的都带走。正是这个小小的让人几乎无法产生想象力的决定，使康拉德三世对巴伐利亚公爵的包围失去了意义。当这些被释放的妇女走出城来时，康拉德三世看到了一个辉煌和动人的场景，所有的妇女都肩背着她们的丈夫和孩子，他的仇敌巴伐利亚公爵也在其妻子的肩膀上。故事的结局是这些心灵高尚的妇女让康拉德三世感动得掉下了眼泪，使他对巴伐利亚公爵的刻骨仇恨顷刻间烟消云散。

斯蒂芬·茨威格一度迷恋于传奇作品的写作，这些介于历史和文学之间的叙述，带有明显的斯蒂芬·茨威格的个人倾向。我的意思是说，这位奥地利作家试图像一个历史学家那样去书写真实的历史事件，同时小说家的身份又使他发现了历史中的细小之处。对他来说，正是这些细小之处决定了那些重大的事件，决定了人的命运和历史的方向，他的任务就是强调这些细小之处，让它们在历史叙述中突现出来。用他自己的比喻就是有时候避雷针的尖端会聚集太空里所有的电，他相信一个影响深远的决定其实来自于一个日期、一个小时，甚至是来自于一分钟。为此在他的笔下，拜占庭的陷落，或者说是君士坦丁堡的陷落并不是因为奥斯曼土耳其人的强大攻势，而是因为那个名叫凯卡波尔塔的小门。奥斯曼土耳其人，这些安拉的奴仆，在他们的苏丹率领下包围和进攻这座希腊旧城，而罗马人在他们的皇帝指挥下，一次次将攻城的云梯推下墙头，眼看着拜占庭就要得救了，眼看着巨大的苦难就要战胜野蛮的进攻之时，一个悲剧性的意外发生了。这个意外就是凯卡波尔塔小门，它是和平时期大门紧闭时供行人出入所用，正是因为它不具有军事意义，罗马人忘记了它的存在。凯卡波尔塔小门敞开着，而且无人把守，土耳其人发现了它，然后攻入了城中。就这样，强盛了一千多年的东罗马帝国被凯卡波尔塔小门葬送了。出于同样的理由，斯蒂芬·茨威格认为滑铁卢之役是由格鲁希思考中的一秒钟所决定的。当拿破仑被威灵顿包围之后，格鲁希率领着另一支大军正沿着战前布置的道路前进，他们听到了炮声，炮声距离他们只有三个多小时的路程，格鲁希的副司令热拉尔激烈地要求向着炮火的方向前进，其他军官也都站到了热拉尔一边，然而习惯于服从的格鲁希拒绝了热拉尔的要求，因为他没有接到拿破仑的命令，他说只有皇帝本人有权变更命令。激动的热拉尔提出最后的请求，他想率领自己的师和骑兵奔赴战场，并且保证按时赶到约定的地点。格鲁希考虑了一秒钟，再次拒绝热拉尔的请求。就是这一秒钟决定了威灵顿的胜利，决定了拿破仑彻底的失败，也决定了格鲁希自己的命运。斯蒂芬·茨威格认为格鲁希的这一秒钟改变了整个欧洲的命运。

同样的道理，很多人在获得成功或者品尝了失败之后，再回首往事，常常会发现过去生活中的某一个平常的选择，甚至是毫无意义的举动，都会带来命运的动荡。在这一点上，人生的道路和历史的道路极其相似，然后就会诞生故事的道路。山鲁佐德的故事或者其他人的故事，为什么都会让一个不经意的细节去掌握故事中高潮的命运？我相信这是因为人生的体验和历史的体验决定着故事的体验。当我们体验着人生或者体验着历史之时，这样的体验是在分别进行之中；当我们获得故事的体验时，我想这三者已经重叠到了一起。这时候我们就会重新判断故事中各段落的价值，有时候一个不经意的细节和故事中情节的高潮，这两者间的关系很像是贺拉斯描述中的丽西尼的头发和堆满财宝的宫殿，贺拉斯说："阿拉伯金碧辉煌堆满财宝的宫殿，在你眼里怎抵丽西尼的一根头发？"

　　　　　　　　　　　　　　一九九九年十月二十五日

三岛由纪夫的写作与生活

    三岛由纪夫自杀之后，他的母亲倭文重说："我儿做步人后尘的事，这是头一回。"作为母亲说这样的话，显然隐含了一种骄傲，这种骄傲是双重的，首先是对儿子一生的肯定，她的儿子只是在选择如何死去时，才第一次步人后尘；其次是对儿子自杀本身的肯定，在这句貌似遗憾，实质上仍然是赞扬的话里，这位母亲暗示了三岛由纪夫的自杀是与众不同的。

    因为在三岛由纪夫这里，自杀不再是悄悄的、独自的行为，他将传统意义上属于隐秘的行为公开化了。新闻媒体的介入，使他的自杀不再是个人行为，而成为了社会行为。三岛由纪夫之死，可以说是触目惊心，就像是一部杰出作品的高潮部分。在这部最后的作品中，三岛由纪夫混淆了写作与生活，于是他死在了自己的笔下。

写作与生活，对于一位作家来说，应该是双重的。生活是规范的，是受到限制的；而写作则是随心所欲，是没有任何限制的。任何一个人都无法将他的全部欲望在现实中表达出来，法律和生活的常识不允许这样，因此人的无数欲望都像流星划过夜空一样，在内心里转瞬即逝。然而写作伸张了人的欲望，在现实中无法表达的欲望可以在作品中得到实现，当三岛由纪夫"我想杀人，想得发疯，想看到鲜血"时，他的作品中就充满了死亡和鲜血。

从这一点来说，三岛由纪夫的写作有助于他作为一个人的完善，使个人的双重性得到了互相补充，就像他自己所说的："既当死刑囚，又当刽子手。"另一方面，写作使他的个人欲望无限扩张，使他的现实生活却是越来越狭窄。对于其他作家来说，写作仅仅只是写作，仅仅只是表达隐秘的想法和欲望，他们的欲望永远停留在内心里面，不会侵入到生活之中，在生活中他们始终是理性的和体面的。可是三岛由纪夫不是这样，他过于放纵自己的写作，让自己的欲望勇往直前，到头来他的写作覆盖了他的生活。

就像他作品中美和恶的奇妙结合一样，这种天衣无缝的结合让人们无法区分开来。他说："如果世上的人是通过生活与行动来体味恶的话，我则尽可能深深地潜沉在精神界的恶里。"这句话其实是对恶的取消，人们通常只是以生活和行动的准则来判断什么是恶，什么是善。当恶一旦成为精神里的一部分，往往就不知所云了。

三岛由纪夫一再声称他对死、对恶、对鲜血淋淋的迷恋，在他的作品中，人们也经常读到这些，谁都知道这是事实。然而，三岛由纪夫与人们的分歧是如何对待这些，也就是站在什么样的立场上，通过什么样的角度来对待死亡、对待恶、对待鲜血。对于三岛由纪夫来说，这一切都是极为美好的，他的叙述其实就是他的颂歌，他歌颂死亡，歌颂丑恶，歌颂鲜血。这就是为什么他的叙述是如此美丽，同时他的美又使人战栗。

所以说，三岛由纪夫混淆了全部的价值体系，他混淆了美与丑，混淆了善与恶，混淆了生与死，最后他混淆了写作与生活的界限，他将写作与生活重叠到了一起，连自己都无法分清。

在三岛由纪夫作品中，《忧国》这部短篇的重要性，一定程度上来自于他后来自杀所产生的影响力，作品里武山中尉自杀的动机和自杀时的壮烈，与六年后三岛由纪夫在市谷自卫队总监室切腹自戕时几乎一致。他驱车前往自卫队时这样说："六年前我写了《忧国》，现在又写了《丰饶之海》，没想到今天自己要实际表演了。真想象不出再过三小时我们就要死的样子是怎么样的。"

他说这番话时的轻松令人吃惊，他对待自己的死与对待作品中虚构人物的死没有什么两样，他既置身其间，又像局外人似的欣赏自己的自戕。他在自杀前所做的全部准备，就像是在构思一部新作一样，情节如何发展，细节和对话如何进行，他都成竹在胸。他开车赴死之时，车子还经过他长女纪子的学校门前，他开玩笑地说："在这种时候，如果是电影，就会配上一段感伤的音乐了。"

他自杀的过程，由于《忧国》这部作品的对照，就成为了另一部作品。在《忧国》中，三岛由纪夫给了武山中尉充分的时间，他的叙述从容不迫，在武山和新婚之妻丽子经过肉体的狂欢以后，三岛由纪夫才让他盘腿坐下，解开军服，露出胸脯和腹部后，还让他用左手不停地搓揉着小腹，让他将刀刃从腿上轻轻划过，来试探军刀是否锋利……然而后来的现实，却没有给予三岛由纪夫足够的时间，他对自卫队队员的煽动失败后，他理想重振军国主义的《檄文》遭到嘲笑后，他嘟囔着"他们好像没怎么听我讲话"，马上解开了衣扣……与武山中尉相比，三岛由纪夫的切腹自戕就显得匆忙和局促了。

这里面存在着这样一个问题，武山中尉的切腹自戕是来自于三岛由纪夫的叙述，而三岛由纪夫自己的自戕只能依靠别人的叙述了。在《忧国》里，三岛由纪夫对武山自戕的描叙充满了热情和欢乐，在这狂欢似的描叙里，三岛由纪夫迷失了自己，到最后已经不再是三岛由纪夫在叙述《忧国》，而是《忧国》在叙述三岛由纪夫了。因此，六年以后当他身体力行时，来自别人的叙述是不可靠的，这种新闻式的记叙掩盖了三岛由纪夫自杀时的真正感受。好在六年前，三岛由纪夫在《忧国》里已经对自己的切腹自戕做出了全面的预告。事实上，三岛由纪夫自杀时唯一可靠的叙述就是"关孙六"，这把17世纪精美的短刀。当他用"关孙六"切开腹部时，随着鲜血的喷涌，他的叙述也就开始了。这时候，三岛由纪夫与他六年前虚构的武山中尉合二为一，于是人们也应该明白《忧国》中的武山中尉究竟是谁了。

三岛由纪夫在自杀前，有两件事不能完全放心，一件是《丰饶之海》英译本在美国出版的事宜，另一件就是担心自己的死会被掩盖起来。他对自杀所引起社会反应的关心，与关心一部作品问世后的反应是一样的，或者说他对后者显得更为忧心忡忡，因为他最后的作品并不是《丰饶之海》，而是切腹自戕。在生命的最后时刻，三岛由纪夫作品中所迷恋的死亡和鲜血，终于站了出来，死亡和鲜血叙述了三岛由纪夫。

一九九五年九月十八日

内心之死

　　我想在这里先谈谈欧内斯特·海明威和罗伯-格里耶的两部作品，这是在我个人极其有限阅读里的两次难忘的经历，我指的是《白象似的群山》和《嫉妒》。与阅读其他作品不一样，这两部作品带给我的乐趣是忘记它们的对话、场景和比喻，然后去记住从巴塞罗那开往马德里快车上的"声音"，和百叶窗后面的"眼睛"。

　　我指的似乎是叙述的方式，或者说是风格。对很多作家来说，能够贯穿其一生写作的只能是语言的方式和叙述的风格，在不同的题材和不同的人物场景里反复出现，有时是散漫的，有时是暗示，也有的时候会突出和明朗起来。不管作家怎样写作，总会在某一天或者某一个时期，其叙述风格会在某一部作品里突然凝聚起来。《白象似的群山》和《嫉妒》对海明威和罗伯-格里耶正是

　　　　　　　　　　　　　　　　　　　　　　　　｜ 余华作品

如此。就像参加集会的人流从大街小巷汇聚到广场一样，《白象似的群山》和《嫉妒》展现了几乎是无限的文学之中的两个广场，或者说是某些文学风格里的中心。

我感兴趣的是这两部作品的一个共同之处，海明威和罗伯－格里耶的叙述其实都是对某个心理过程的揭示。

《白象似的群山》有资格成为对海明威"冰山理论"的一段赞美之词。西班牙境内行驶的快车上，男人和姑娘交谈着，然后呢？仍然是交谈，这就是故事的全部。显然，这是一部由"声音"组装起来的作品，男人的声音和姑娘的声音，对话简短发音清晰，似乎是来自广播的专业的声音，当然他们不是在朗读，而是交谈——"天气热得很""我们喝杯啤酒吧"。从啤酒到西班牙的茴香酒，两个人喝着，同时说着。他们使用的是那种不怕被偷听的语言，一种公共领域的语言，也就是在行驶的列车上应该说的那种话。然而那些话语里所暗示的却是强烈的和不安的隐私，他们似乎正处于生活的某一个尴尬时期，他们的话语里隐藏着冲突、抱怨和烦恼，然后通过车窗外白象似的群山和手中的茴香酒借题发挥。

加西亚·马尔克斯曾经用钟表匠的语气谈论欧内斯特·海明威，他说："他把螺丝钉完全暴露在外，就像装在货车上那样。"《白象似的群山》可以说是一览无余，这正是海明威最为迷人之处。很少有作家像海明威那样毫无保留地敞开自己的结构和语言，使它们像河流一样清晰可见。与此同时，海明威也削弱了读者分析作品的权利，他只让他们去感受、猜测和想象。《白象似的群山》是这方面的专家，在那些如同列车、啤酒和窗外的群山一样明确单纯的语言下，海明威展示的却是一个复杂的和百感交集的心理过程。在驶往马德里的快车上，男人和姑娘的交谈似乎有了一个理由——堕胎，然而围绕着这个理由延伸出去的话语又缺少了起码的明确性，就像他们不详的姓名一样，他们的交谈也无法被确定下来。

欧内斯特·海明威明白内心意味着什么，正如他著名的"冰山理论"所认为的那样，人们所能看到的和所能计算的体积，只是露出海面的冰山一角。隐藏在海水深处的才真正是冰山的全部，而这部分只能通过感受、猜测和想象才得以看到。于是海明威无法用意义来确定他们的交谈，就像无法确认男人和姑娘的姓名。没有了姓名的男人和姑娘同时又拥有了无数姓名的可能，没有被指定的交谈也同时表达了更多的可能中的心理经历。

与《白象似的群山》相比，罗伯-格里耶在《嫉妒》里所叙述的内心压力似乎更为漫长，不仅仅是篇幅的原因，海明威的叙述像晴空一样明朗，有着奏鸣曲般跳跃的节奏，而罗伯-格里耶则要暗淡得多，如同昼夜之交的黄昏，他的叙述像阳光下的阴影一样缓慢地移动着。

"嫉妒"一词在法语里同时又是"百叶窗"，显然，罗伯-格里耶在选择这个词语的时候，也选择了耐心。百叶窗为注视中的眼睛提供了焦距，对目光的限制就像在花盆里施肥，让其无法流失，于是内心的嫉妒在可以计算的等待里茁壮成长。

光线、墙壁、走廊、门窗、地砖、桌椅、A和她的邻居以轮回的方式出现和消失，然后继续出现和继续消失。场景和人物在叙述里的不断重复，如同书写在复写纸上，不仅仅是词序的类似，似乎连字迹都是一致，其细微的差异只是在浓淡之间隐约可见。

长时间的注视几乎令人窒息，"眼睛"似乎被永久地固定住了，如同一件被遗忘的衬衣挂在百叶窗的后面。这一双因为凝视已久已经布满了灰尘的"眼睛"，在叙述里找到了最好的藏身之处，获得了嫉妒和百叶窗的双重掩护。罗伯－格里耶只是在第三把椅子、第三只杯子、第三副餐具这类第三者的暗示里，才让自己的叙述做出披露的姿态，一个吝啬鬼的姿态。

即便如此，阅读者仍然很难觉察这位深不可测的嫉妒者，或者说是百叶窗造就出来的窥视者。就像他的妻子A和那位有可能勾引A的邻居一样很难觉察到他的存在。窥视者的内心是如此难以把握，他似乎处于切身利益和旁观者的交界之处，同时他又没有泄露一丝的倾向。罗伯－格里耶让自己的叙述变成了纯粹的物质般的记录，他让眼睛的注视淹没了嫉妒的情感，整个叙述无声无息，被精确的距离和时间中生长的光线笼罩了。显然，A和那位邻居身体的移动和简短的对话是叙述里最为活跃的部分，然而他们之间的暧昧始终含糊不清，他们的言行总是适可而止。事实上，罗伯－格里耶什么都没有写，他仅仅是获得了叙述而已，他和海明威一样了解叙述的过程其实就是一个独裁的过程，当A和她的邻居进入这个暧昧的叙述时，已经没有清白可言了，叙述强行规定了他们之间的暧昧关系。

在这里，罗伯－格里耶向我们展示了一个不可思议的内心，一个几乎被省略的人物的内心，他微弱的存在不是依靠自己的表达，而是得益于没有他出现的叙述的存在，他成为了《嫉妒》叙述时唯一的理由，成为了词语的来源，成为了罗伯－格里耶写作时寻找方向的坐标。于是，那位不幸的丈夫只能自己去折磨自己了，而且谁也无法了解他自我折磨的方式。与此同时，罗伯－格里耶也让阅读者开始了自我折磨，让他们到自己的经历中去寻找回忆，寻找嫉妒和百叶窗，寻找另一个Ａ和另一个邻居。

回忆、猜测和想象使众多的阅读者百感交集，他们的内心不由自主地去经历往事的痛苦、焦虑和愤怒，同时还有着恶作剧般的期待和不知所措的好奇心。他们重新经历的心理过程汇集到了一起，如同涓涓细流汇入江河，然后又汇入大海一样，汇集到了罗伯－格里耶的《嫉妒》之中。一切的描叙都显示了罗伯－格里耶对眼睛的忠诚，他让叙述关闭了内心和情感之门，仅仅是看到而已，此外什么都没有，仿佛是一架摄影机在工作，而且还没有"咝咝"的机器声。正因为如此，罗伯－格里耶的《嫉妒》才有可能成为嫉妒之海。

欧内斯特·海明威和罗伯－格里耶的写作其实回答了一个由来已久的难题——什么是心理描写？这个存在于教科书、文学辞典以及各类写作和评论中的专业术语，其实是一个错误的路标，只会将叙述者引向没有尽头的和不知所措的远方。让叙述者远离内心，而不是接近。

威廉·福克纳在其短篇小说《沃许》里，以同样的方式回答了这个问题。这个故事和福克纳的其他故事一样粗犷有力，充满了汗水与尘土的气息。两个白人——塞德潘和沃许，前者因为富裕成为了主人，而贫穷的沃许，他虽然在黑人那里时常会得到来自肤色的优越感，可他仍然是一个奴隶，一个塞德潘家中的白奴。当这个和他一样年过六十的老爷使他只有十五岁的外孙女怀孕以后，沃许没有感到愤怒，甚至连不安都没有。于是故事开始了，沃许的外孙女弥丽躺在草垫上，身边是她刚刚出生的女儿，也就是塞德潘的女儿。塞德潘这一天起床很早，不是为了弥丽的生产，而是他家中名叫格利赛达的母马产下了马驹。塞德潘站在弥丽的草垫旁，看着弥丽和她身边的孩子，他说："真可惜，你不是匹母马。不然的话，我就能分给你一间挺像样的马棚了。"

塞德潘为格利赛达早晨产下的小公马得意洋洋，他说："公的。呱呱叫的小驹子。"然后他用鞭子指指自己的女儿："这个呢？""是个母的，我觉得。"

叙述从一开始就暗示了一个暴力的结束。福克纳让叙述在女人和母马的比较中前行，塞德潘似乎成为了那匹母马的丈夫，格利赛达产下的小驹子让塞德潘表达出了某些父亲的骄傲。而沃许的外孙女弥丽对他来说只是一个奴隶，她身边的孩子虽然也是他的孩子，可在他眼中不过是另一个奴隶。福克纳的叙述为沃许提供了坚不可摧的理由，当沃许举起大镰刀砍死这个丧失了人性的塞德潘，就像屠宰一匹马一样能够为人所接受。

然后，叙述的困难开始了，或者说是有关心理描写的绝望开始了。如果沃许刚才只是喝了一杯威士忌，那么展示他的内心并不困难，任何简单的叙述都能够胜任，让他告诉自己："我刚才喝了一杯威士忌。"或者再加上"味道不错""我很久没喝了"之类的描叙。

描叙的欲望如果继续膨胀，那么就可以将内心放入到无所事事的状态之中，像马塞尔·普鲁斯特在《追忆似水年华》里经常做的工作——"我心中有数，我当时把自己置于最为不利的境地，最终会从我的长辈们那里得到最为严厉的处罚，其严厉程度，外人实际上是估计不到的。他们或许以为……"普鲁斯特善于让他笔下的人物在清闲的时候打发时光，让人物的内心在对往事的追忆中越拉越长，最后做出对自己十分有利的总结。

如果沃许刚才举起的不是镰刀，而是酒杯，喝到了上好的威士忌的沃许·琼斯很可能会躺到树荫里，这个穷光蛋就会像斯万那样去寻找记忆和想象，寻找所有喝过的和没有喝过的威士忌，要是时间允许，他也会总结自己，说上一些警句和格言。然而现实让沃许选择了镰刀，而且砍死了塞德潘。一个刚刚杀了人的内心，如何去描写？威廉·福克纳这样写道：

> 他再进屋的时候，外孙女在草垫上动了一下，恼怒地叫了一声他的名字。"什么事呀？"她问。
>
> "什么什么事呀？亲爱的？"
>
> "外边那儿吵吵闹闹的。"
>
> "什么事也没有。"他轻轻地说……

沃许·琼斯显示了出奇的平静，他帮助外孙女喝了水，然后又对她的眼泪进行了安慰。不过他的动作是"笨拙"的，他站在那里的姿态是"硬挺挺"的，而且阴沉。他得到了一个想法，一个与砍死塞德潘毫无关系的想法："女人……她们要孩子，可得了孩子，又要为这哭……哪个男人也明白不了。"然后他坐在了窗口。威廉·福克纳继续写道：

> 整个上午，悠长、明亮、充满阳光，他都坐在窗口，在等着。时不时地，他站起来，踮起脚尖走到草垫那边去。他的外孙女现在睡着了，脸色阴沉、平静、疲倦，婴儿躺在她的臂弯里。之后，他回到椅子那儿再坐下，他等着，心里纳闷为什么他们耽误了这么久，后来他才想起这天是星期天。上午过了一半，他正坐着，一个半大不小的白人男孩拐过屋角，碰上了死尸，抽了口冷气地喊了一声，他抬头看见了窗口的沃许，霎时间好像被催眠了似的，之后便转身逃开了。于是，沃许起身，又踮着脚来到草垫床前。

沃许砍死塞德潘之后，威廉·福克纳的叙述似乎进入了某种休息中的状态，节奏逐渐缓慢下来，如同远处的流水声轻微和单纯地响着。叙述和沃许共同经历了前期的紧张之后，随着那把镰刀果断地砍下去，两者又共同进入了不可思议的安静之中。当沃许几乎耗尽了毕生的勇气和力量，终于完成了自己的工作，他似乎像他的外孙女一样疲倦了。于是他坐在了窗口，开始其漫长的等待，同时也开始了劳累之后的休息。此刻的叙述展示了一劳永逸似的放松，威廉·福克纳让叙述给予沃许的不是压迫，而是酬谢。沃许·琼斯理应得到这样的慰劳。

显而易见，福克纳在描写沃许内心承受的压力时，不是让叙述中沃许的心脏停止跳动，而是让沃许的眼睛睁开，让他去看；同时也让他的嘴巴张开，让他去说。可怜的沃许却只能说出一生中最为贫乏的语言，也只能看到最为单调的情形。他被叙述推向了极端，同时也被自己的内心推向了极端，于是他失去掌握自己命运的能力，而叙述也同样失去了描写他内心的语言。

就像海明威和罗伯－格里耶所从事的那样，威廉·福克纳对沃许心理的描写其实就是没有心理描写。不同的是，福克纳更愿意在某些叙述的片段而不是全部，来展示自己这方面出众的才华和高超的技巧，而且满足于此；海明威和罗伯－格里耶则是一直在发展这样的叙述，最后他们在《白象似的群山》和《嫉妒》里获得了统一的和完美的风格。

另外一个例子是陀思妥耶夫斯基的《罪与罚》，拉斯柯尔尼科夫与沃许·琼斯一样有着杀人的经历。不同的是，福克纳只是让沃许举起镰刀，陀思妥耶夫斯基让拉斯柯尔尼科夫举起的是一把更为吓人的斧头。福克纳省略了杀人的过程，他只是暗示地写道："他手里握着那把镰刀，那是三个月以前跟塞德潘借的，塞德潘再也用不着它了。"而陀思妥耶夫斯基则是让拉斯柯尔尼科夫"把斧头拿了出来，用双手高高举起，几乎不由自主地、不费吹灰之力地、几乎机械地用斧背向她的头上直砍下去"。

紧接着，陀思妥耶夫斯基令人吃惊地描叙起那位放高利贷老太婆的头部，"老太婆和往常一样没有扎头巾。她那带几根银丝的、稀疏的、浅色的头发照常用发油搽得油光光的，编成了一条鼠尾似的辫子，并用一把破牛角梳子盘成了一个发髻。这把梳子突出在后脑勺上"。

陀思妥耶夫斯基以中断的方式延长了暴力的过程，当斧头直砍下去时，他还让我们仔细观察了这个即将遭受致命一击的头部，从而使砍下的斧头增加了惊恐的力量。随后他让拉斯柯尔尼科夫再砍两下，"血如泉涌，像从打翻了的玻璃杯里倒出来一样，她仰面倒下了……两眼突出，仿佛要跳出来似的……"

陀思妥耶夫斯基噩梦般的叙述几乎都是由近景和特写组成，他不放过任何一个细节，而且以不可思议的笨拙去挤压它们，他能够拧干一条毛巾里所有的水分，似乎还能拧断毛巾。没有一个作家能够像陀思妥耶夫斯基那样，让叙述的高潮遍布在 600 页以上的书中，几乎每一行的叙述都是倾尽全力，而且没有轻重之隔，也没有浓淡之分。

谋财害命的拉斯柯尔尼科夫显然没有沃许·琼斯的平静，或者说陀思妥耶夫斯基的叙述里没有平静，虽然他的叙述在粗犷方面与威廉·福克纳颇有近似之处，然而威廉·福克纳更愿意从容不迫地去讲述自己的故事，陀思妥耶夫斯基则像是在梦中似的无法控制自己，并且将梦变成了梦魇。

有一点他们是相同的，那就是当书中的人物被推向某些疯狂和近似于疯狂的境地时，他们都会立刻放弃心理描写的尝试。福克纳让沃许坐到了窗前，给予了沃许麻木和不知所措之后的平静；而陀思妥耶夫斯基则让拉斯柯尔尼科夫继续疯狂下去，当高利贷老太婆"两眼突出，仿佛要跳出来似的"以后，陀思妥耶夫斯基给了拉斯柯尔尼科夫分散在两个章节里的近二十页篇幅，来展示这个杀人犯所有的行为，一连串的热锅上的蚂蚁似的动作，而不是心理描写。

拉斯柯尔尼科夫在清醒和神志不清之间，在恐惧和勇气之间，一句话就是在梦和梦魇之间，开始了他杀人的真正目的——寻找高利贷老太婆的钱财。陀斯妥耶夫斯基这时候的叙述，比斧头砍向头颅更为疯狂，其快速跳跃的节奏令人难以呼吸。

> 他把斧头放在死人身边的地板上，立刻去摸她的口袋，极力不让自己沾上涌出来的鲜血——她上次就是从右边的口袋里掏出钥匙的。

显然，此刻的拉斯柯尔尼科夫是镇静的。镇静使他摸到了钥匙并且掏出了钥匙，可是紧接着他又立刻惊慌失措——

> 他刚拿钥匙去开五斗橱，一听见钥匙的哗啦一声，仿佛浑身起了一阵痉挛。他又想扔下一切东西逃跑。

陀思妥耶夫斯基让叙述在人物状态迅速转换中前行。惊弓之鸟般的拉斯柯尔尼科夫怎么都无法打开五斗橱，所有的钥匙在他手中都插不进锁孔。随即他又清醒似的将手上的鲜血擦在红锦缎上，并且认为鲜血擦在红锦缎上不显眼……

没有一个作家会像陀思妥耶夫斯基那样，如此折磨自己笔下的人物。拉斯柯尔尼科夫如同进入了地狱似的，他将应该是一生中逐渐拥有的所有感觉和判断，在顷刻之间全部反应出来。并且让它们混杂在一起，不断出现和不断消失，互相抵抗同时也互相拯救。

显然，陀思妥耶夫斯基并不满足拉斯柯尔尼科夫的自我折磨，他不时地让楼道里传来某些声响，一次次地去惊吓拉斯柯尔尼科夫，并且让老太婆同父异母的妹妹丽扎韦塔突然出现在屋子里，逼迫他第二次杀人。就是那个已经死去的高利贷老太婆，陀思妥耶夫斯基也让她阴魂不散——

> 他忽然觉得好像老太婆还活着，还会苏醒过来。他就撇下钥匙和五斗橱，跑回到尸体跟前，拿起斧头，又向着老太婆举起来……

拉斯柯尔尼科夫在掠夺钱财的欲望和自我惩罚的惊恐里度日如年，十多页漫长的叙述终于过去了，他总算回到了自己的屋子。此刻叙述也从第一章过渡到了第二章——

> 他这样躺了很久。有时他仿佛睡醒了，于是发觉夜早已来临，但他并不想起床。末了他发觉，天已经明亮起来。

叙述似乎进入了片刻的宁静，可是陀思妥耶夫斯基对拉斯柯尔尼科夫的折磨还在继续。首先让他发烧了，让他打着可怕的寒战，"连牙齿都格格打战，浑身哆嗦"，然后让他发现昨天回家时没有扣住门闩，睡觉也没有脱衣服，而且还戴着帽子。拉斯柯尔尼科夫重新进入了疯狂，"他向窗前扑去"——他把自己的衣服反复检查了三次，确定没有留下任何痕迹，他才放心地躺下来，一躺下就说起了梦话，可是不到五分钟，他立刻醒过来，"发狂似的向自己那件夏季外套扑过去"——他想起了一个重要的罪证还没有消除。随后他又获得了暂时的安宁，没多久他又疯狂地跳起来，他想到口袋里可能有血迹……

　　在第二章开始的整整两页叙述里，陀思妥耶夫斯基继续着前面十多页的工作，让拉斯柯尔尼科夫的身体继续动荡不安，让他的内心继续兵荒马乱，而且这才只是刚刚开始，接下去还有五百多页更为漫长的痛苦生涯，拉斯柯尔尼科夫受尽折磨，直到尾声的来临。

　　与陀思妥耶夫斯基相比，威廉·福克纳对沃许·琼斯杀人后的所有描叙就显得十分温和了。这样的比较甚至会使人忘记福克纳叙述上粗犷的风格，在陀思妥耶夫斯基面前，威廉·福克纳竟然像起了一位温文尔雅的绅士，不再是那个桀骜不驯的乡巴佬。

　　谁都无法在叙述的疯狂上与陀思妥耶夫斯基相提并论，不仅仅是威廉·福克纳。当拉斯柯尔尼科夫杀人后，陀思妥耶夫斯基有力量拿出二十页的篇幅来表达他当时惊心动魄的状态。陀思妥耶夫斯基的叙述是如此直截了当，毫不回避地去精心刻画有可能出现的所有个人行为和所有环境反应。其他作家在这种时候都会去借助技巧之力，寻求间接的方式表达出来。陀思妥耶夫斯基却放弃了对技巧的选择，他的叙述像是一头义无反顾的黑熊那样笨拙地勇往直前。

最后一个例子应该属于司汤达。这位比陀思妥耶夫斯基年长38岁的作家倒是一位绅士，而且是法语培养出来的绅士。可以这么说，在19世纪浩若烟海的文学里，与陀思妥耶夫斯基最为接近的作家可能是司汤达，尽管两人之间的风格相去甚远，就像宫殿和监狱一样，然而欧洲的历史经常将宫殿和监狱安置在同一幢建筑之中，陀思妥耶夫斯基和司汤达也被欧洲的文学安置到了一起，形成古怪的对称。

我指的是阅读带来的反应，陀思妥耶夫斯基和司汤达的叙述似乎总是被叙述中某个人物的内心所笼罩，而且笼罩了叙述中的全部篇幅。拉斯柯尔尼科夫笼罩了《罪与罚》，于连·索黑尔笼罩了《红与黑》。如果不是仔细地去考察他们叙述中所使用的零件，以及这些零件组合起来的方式，仅仅凭借阅读的印象，我们或许会以为《罪与罚》和《红与黑》都是巨幅的心理描写。确实，陀思妥耶夫斯基和司汤达都无与伦比地表达出了拉斯柯尔尼科夫和于连·索黑尔内心的全部历史，然而他们叙述的方式恰恰不是心理描写。

司汤达的叙述里没有疯狂，但是他拥有了长时间的激动。司汤达具有与陀思妥耶夫斯基类似的能力，当他把一个人物推到某个激动无比的位置时，他能够让人物稳稳坐住，将激动的状态不断延长，而且始终饱满。

　　第二天当他看见德·瑞那夫人的时候，他的目光奇怪
得很，他望着她，仿佛她是个仇敌，他正要上前和她决斗
交锋。

　　正是在这样的描叙里，于连·索黑尔和德·瑞那夫人令人不
安的浪漫史拉开了帷幕。在此之前，于连·索黑尔已经向德·瑞那
夫人连连发出了情书，于连·索黑尔的情书其实就是折磨，以一个
仆人谦卑的姿态去折磨高贵的德·瑞那夫人，让她焦虑万分。当德·
瑞那夫人瞒着自己的丈夫，鼓起勇气送给于连·索黑尔几个金路易，
并且明确告诉他："用不着把这件事告诉我的丈夫。"面对德·瑞
那夫人艰难地表现出来的友好，于连·索黑尔回答她的是傲慢和愤
懑："夫人，我出身低微，可是我绝不卑鄙。"他以不同凡响的正直
告诉夫人，他不应该向德·瑞那先生隐瞒任何薪金方面的事情。
从而使夫人"面色惨白，周身发抖"，毫无疑问，这是于连·索黑
尔所有情书中最为出色的一封。
　　因此当那个乡村一夜来临时，这个才华横溢的阴谋家发动了突
然袭击。他选择了晚上十点钟，对时间深思熟虑的选择是他对自己
勇气的考验，并且让另一位贵族夫人德薇在场，这是他对自己勇气
的确认。他的手在桌下伸了过去，抓住了德·瑞那夫人的手。
　　司汤达有事可做了，他的叙述将两个人推向了极端，一个
蓄谋已久，一个猝不及防。只有德薇夫人置身事外，这个在书

中微不足道的人物，在此刻却成为了叙述的关键。这时候，司汤达显示出了比陀思妥耶夫斯基更多的对技巧的关注，他对于德薇夫人的现场安排，使叙述之弦最大限度地绷紧了，让叙述在火山爆发般的激情和充满力量的掩盖所联结的脆弱里前进。如果没有德薇夫人的在场，那么于连·索黑尔和德·瑞那夫人紧握的手就不会如此不安了。司汤达如同描写一场战争似的描写男女之爱，德薇夫人又给这场战争涂上了惊恐的颜色。

在德·瑞那夫人努力缩回自己的手的抵抗结束之后，于连·索黑尔承受住了可能会失败的打击，他终于得到了那只"冷得像冰霜一样"的手。

> 他的心浸润在幸福里。并不是他爱着德·瑞那夫人，而是一个可怕的苦难结束了。

司汤达像所有伟大的作家那样，这时候关心的不是人物的心理，而是人物的全部。他让于连·索黑尔强迫自己说话，为了不让德薇夫人觉察，于连·索黑尔强迫自己声音洪亮有力；而德·瑞那夫人的声音，"恰恰相反，泄露出来情感的激动，忸怩不安"，使德薇夫人以为她病了，提议回到屋子里去，并且再次提议。德·瑞那夫人只好起身，可是于连·索黑尔"把这只手握得更紧了"，德·瑞那夫人只好重新坐下，声音"半死不活"地说园中新鲜的空气对她有益。

这一句话巩固了于连的幸福……他高谈阔论，忘记了装假做作。

司汤达的叙述仍然继续着，于连·索黑尔开始害怕德薇夫人会离开，因为接下去他没有准备如何与德·瑞那夫人单独相处。"至于德·瑞那夫人，她的手搁在于连手里，她什么也没有想，她听天由命，就这样活下去。"

我想，我举例的任务应该结束了。老实说，我没有想到我的写作会出现这样的长度，几乎是我准备写下的两倍。我知道原因在什么地方，我在重温威廉·福克纳、陀思妥耶夫斯基和司汤达的某些篇章时，他们叙述上无与伦比的丰富紧紧抓住了我，让我时常忘记自己正在进行中的使命，因为我的使命仅仅是为了指出他们叙述里的某一方面，而他们给予我的远比我想要得到的多。他们就像于连·索黑尔有力的手，而我的写作则是德·瑞那夫人被控制的手，只能"听天由命"。这就是叙述的力量，无论是表达一个感受，还是说出一个思考，写作者都是在被选择，而不是选择。

在这里，我想表达的是一个在我心中盘踞了十二年之久的认识，那就是心理描写的不可靠。尤其是当人物面临突如其来的幸福和意想不到的困境时，对人物的任何心理分析都会局限人物真实的内心，因为内心在丰富的时候是无法表达的。当心理描写不能在内心最为丰富的时候出来滔滔不绝地发言，它在内心清闲时的言论其实已经不重要了。

　　　　　　　　　　　　　　　　　　　　余华作品

这似乎是叙述史上最大的难题，我个人的写作曾经被它困扰了很久，是威廉·福克纳解放了我，当人物最需要内心表达的时候，我学会了如何让人物的心脏停止跳动，同时让他们的眼睛睁开，让他们的耳朵矗起，让他们的身体活跃起来，我知道了这时候人物的状态比什么都重要，因为只有它才真正具有了表达丰富内心的能力。

这是十二年前的事了，后来我又在欧内斯特·海明威和罗伯-格里耶那里看到了这样的风格如何完整起来。有一段时间，我曾经以为这是20世纪文学特有的品质。可是陀思妥耶夫斯基和司汤达，这两个与内心最为亲密的作家破坏了我这样的想法。现在我相信这应该是我们无限文学中共有的品质。

其实，早在五百多年前，蒙田就已经警告我们，他说："……探测内心深处，检查是哪些弹簧引起的反弹；但这是一件高深莫测的工作，我希望尝试的人愈少愈好。"

一九九八年八月二十六日

卡夫卡和K

　　《城堡》中的土地测量员K在厚厚的积雪中走来，皑皑白雪又覆盖了他的脚印，是否暗示了这是一次没有回去的走来？因为K仿佛是走进了没有谜底的命运之谜。贺拉斯说："无论风暴将我带到什么岸边，我都将以主人的身份上岸。"卡夫卡接着说："无论我转向何方，总有黑浪迎面打来。"弥漫在西方文学传统里的失落和失败的情绪感染着漫长的岁月，多少年过去了，风暴又将K带到了这里，K获得了上岸的权利，可是他无法获得主人的身份。

　　在有关卡夫卡作品的论说和诠释里，有一个声音格外响亮，那就是谁是卡夫卡的先驱？对卡夫卡的榜样的寻找凝聚了几代人的不懈努力，瓦尔特·本雅明寻找了一个俄国侯爵波将金的故事，博尔赫斯寻找了芝诺的否定运动的悖论。人们乐此不疲的理由是什么？似乎没有一个作家会像卡夫卡那样令人疑惑，我的意思是说：在卡夫卡这里人们无法获得其他作家所共有的品质，就是无法找到文学里清晰可见的继承关系。当《城堡》中的弗丽达意识到K其实像一个孩子一样坦率时，可是仍然很难相信他的话，因为——弗丽达的理由是"你的个性跟我们截然不同"。瓦尔特·本雅明和博尔赫斯也对卡夫卡说出了类似的话。

同时，这也是文学要对卡夫卡说的话。显然，卡夫卡没有诞生在文学生生不息的长河之中，他的出现不是因为后面的波浪在推动，他像一个岸边的行走者逆水而来。很多迹象都在表明，卡夫卡是从外面走进了我们的文学。于是他的身份就像是《城堡》里K的身份那样尴尬，他们都是唐突的外来者。K是不是一个土地测量员？《城堡》的读者会发出这样的疑问。同样的疑问也在卡夫卡生前出现，这个形象瘦削到使人感到尖锐的犹太人究竟是谁？他的作品是那样的陌生，他在表达希望和绝望、欢乐和痛苦、爱和恨的时候都是同样的令人感到陌生。这样的疑惑在卡夫卡死后仍然经久不息，波将金和芝诺的例子表明：人们已经开始到文学之外去寻找卡夫卡作品的来源。

这是明智的选择。只要读一读卡夫卡的日记，就不难发现生活中的卡夫卡，其实就是《城堡》中的K。他在1913年8月15日的日记中，用坚定的语气写道："我将不顾一切地与所有人隔绝，与所有人敌对，不同任何人讲话。"在六天以后的日记里，他这样写："现在我在我的家庭里，在那些最好的、最亲爱的人们中间，比一个陌生人还要陌生。近年来我和我的母亲平均每天说不上二十句话，和我的父亲除了有时彼此寒暄几句几乎就没有更多的话可说。和我已婚的妹妹和妹夫们除了跟他们生气我压根儿就不说话。"

人们也许以为写下这样日记的人正在经历着可怕的孤独，不过读完下面的两则日记后，可能会改变想法。他在 1910 年 11 月 2 日的日记中写道："今天早晨许久以来第一次尝到了想象一把刀在我心中转动的快乐。"另一则是两年以后，他再一次在日记中提到了刀子。"不停地想象着一把宽阔的熏肉切刀，它极迅速地以机械的均匀从一边切入我体内，切出很薄的片，它们在迅速的切削动作中几乎呈卷状一片片飞出去。"

第一则日记里对刀的描绘被后面"快乐"的动词抽象了，第二则日记不同，里面的词语将一串清晰的事实连接了起来，"宽阔的熏肉切刀"、"切入我体内"、而且"切出很薄的片"，卡夫卡的描叙是如此的细致和精确，最后"呈卷状一片片飞出去"时又充满了美感。这两则日记都是在想象中展示了暴力，而且这样的暴力都是针对自我。卡夫卡让句子完成了一个自我凌迟的过程，然后他又给予自我难以言传的快乐。这是否显示了卡夫卡在面对自我时没有动用自己的身份？或者说他就是在自我这里，仍然是一个外来者？我的答案是卡夫卡一生所经历的不是可怕的孤独，而是一个外来者的尴尬。这是更为深远的孤独，他不仅和这个世界和所有的人格格不入，同时他也和自己格格不入。他在 1914 年 1 月 8 日的日记中吐露了这样的尴尬，他写道："我与犹太人有什么共同之处？我几乎与自己都没有共同之处。"他的日记暗示了与众不同的人生，或者说他始终以外来者的身份行走在自己的人生之路上，四十一年的岁月似乎是别人的岁月。

可以这么说，生活中的卡夫卡就像《城堡》里的K一样，他们都没有获得主人的身份，他们一生都在充当着外乡人的角色。共同的命运使这两个人获得了一致的绝望，当K感到世界上已经没有一处安静的地方能够让他和弗丽达生活下去时，他就对自己昙花一现的未婚妻说："我希望有那么一座又深又窄的坟墓，在那里我们俩紧紧搂抱着，像用铁条缚在一起那样。"对K来说，世界上唯一可靠的安身之处是坟墓；而世界上真正的道路对卡夫卡来说是在一根绳索上，他在笔记里写道："它不是绷紧在高处，而是贴近地面。它与其说是供人行走不如说是用来绊人的。"

人们的习惯是将日记的写作视为情感和思想的真实流露，在卡夫卡这里却很难区分出日记写作和小说写作的不同，他说："读日记使我激动。"然后他加上着重号继续说："一切在我看来皆属虚构。"在这一点上，卡夫卡和他的读者能够意见一致。卡夫卡的日记很像是一些互相失去了联络的小说片段，而他的小说《城堡》则像是K的漫长到无法结束的日记。

应该说，卡夫卡洁身自好的外来者身份恰恰帮助了他，使他能够真正切入到现存制度的每一个环节之中。在《城堡》和其他一些作品中，人们看到了一个巨大的官僚机器被居民的体验完整地建立了起来。我要说的并不是这个官僚机器展示了居民的体验，而是后者展示了前者。这是卡夫卡叙述的实质，他对水珠的关注是为了让全部的海水自动呈现出来。在这一点上，无论是卡夫卡同时代的作家，还是后来的作家，对他们自身所处的社会制度的了解，都很难达到卡夫卡的透彻和深入。就像是《城堡》所显示的那样，对其官僚机构和制度有着强烈感受的人不是那里的居民，而是一个外来者——K。《城堡》做出了这样的解释：那些在已有制度里出生并且成长起来的村民，制度的一切不合理性恰恰构成了它的合理。面对这至高无上的权威，村民以麻木的方式保持着他们世代相传的恐惧和世代相传的小心翼翼。而K的来到，使其制度的不合理性得到了呈现。外来者K就像是一把熏肉切刀，切入到城堡看起来严密其实漏洞百出的制度之中，而且切出了很薄的片，最后让它们一片片呈卷状飞了出去。

在卡夫卡的眼中，这一把熏肉切刀的锋刃似乎就是性，或者说在《城堡》里凡是涉及到性的段落都会同时指出叙述中两个方向，一个是权威的深不可测，另一个是村民的麻木不仁。

关于权威的深不可测，我想在此引用瓦尔特·本雅明的话，本雅明说："这个权威即使对于那些官僚来说也在云里雾里，对于那些它们要对付的人们来说就更加模糊不清了。"当卡夫卡让他的代言人K在积雪和夜色中来到村子之后，在肮脏破旧的客栈里，K拿起了电话——电话是村民也是K和城堡联系的象征，确切地说是接近那个权威的象征，而且所能接近的也只是权威的边缘。当K拿起电话以后，他听到了无数的声音，K的疑惑一直到与村长的交谈之后才得以澄清，也就是说当一部电话被接通后，城堡以及周围村子所有的电话也同时被接通，因此谁也无法保证K在电话中得到的声音是否来自于城堡。由此可见，城堡的权威是在一连串错误中建立起来的，而且不断发生的新的错误又在不断地巩固这样的权威。当K和村长冗长的谈话结束后，这一点得到了进一步的证实。尽管村长的家是整个官僚制度里最低等的办公室，然而它却是唯一允许K可以进入的。当村长的妻子和K的两个助手翻箱倒柜地寻找有关K的文件时，官僚制度里司空见惯的场景应运而生，阴暗的房间、杂乱的文件柜和散发着霉味的文件。因此，K在这里得到的命运只不过是电话的重复。而对于来自城堡的权威，村长其实和K一样的模糊不清。在《城堡》的叙述里，不仅是那位端坐在权威顶峰的伯爵先生显得虚无缥缈，就是那个官位可能并不很高的克拉姆先生也仿佛是生活在传说中。K锲而不舍的努力，最终所得到的只是与克拉姆的乡村秘书进行一次短暂的谈话。因此，村长唯一能够明确告诉K的，就是他们并不需要一个土地测量员。村长认为K的来到是一次误会，他说："像在伯爵大人这样庞大的政府机关里，可能偶然发生这一个部门制定这件事，另一部门制定那件事，而互相不了解对方的情况……因此就常常会出现一些细小的差错。"作为官僚机构中的一员，村长有责任维护官僚制度里出现的所有错误，他不能把K送走，因为"这是另外一个问题"，他所能做的无非是将错就错，给K安排了一个完全是多余的职位——学校的看门人。

关于村民的麻木不仁，我想说的就是卡夫卡作品中将那个巨大的官僚机器建立起来的居民的体验，这样的体验里充满了居民的敬畏、恐惧和他们悲惨的命运，叙述中性的段落又将这样的体验推向了高潮。弗丽达、客栈老板娘和阿玛丽亚的经历，在卡夫卡看来似乎是磨刀石的经历，她们的存在使权威之剑变得更加锋利和神秘。克拉姆和索尔蒂尼这些来自城堡的老爷，这些《城堡》中权力的象征，便是叙述里不断闪烁的刀光剑影。

人老珠黄的客栈老板娘对年轻时代的回忆，似乎集中了村民对城堡权威的共同体验。这个曾经被克拉姆征召过三次的女人，与克拉姆三次同床的经历构成了她一生的自我荣耀，也成为了她的丈夫热爱她和惧怕她的唯一理由。这一对夫妇直到晚年，仍然会彻夜未眠地讨论着克拉姆为什么没有第四次征召她，这几乎就是他们家庭生活的唯一乐趣。弗丽达是另外一个形象，这是一个随心所欲的形象。她的随心所欲是因为曾经是克拉姆的情妇，这样的地位是村里的女人们梦寐以求的，可是她轻易地放弃了，这是她性格里随心所欲的结果，她极其短暂并且莫名其妙地爱上了K，然后她以同样的莫名其妙又爱上了K的助手杰里米亚。在卡夫卡眼中，弗丽达代表了另一类的体验，有关性和权力的神秘体验，也就是命运的体验，她性格的不确定似乎就是命运的不确定。这个曾经有着无穷的生气和毅力的弗丽达，和K短短地生活了几天后，她的美丽就消失了。卡夫卡的锋利之笔再次指向了权力："她形容憔悴是不是真的因为离开了克拉姆？她的不可思议的诱惑力是因为她亲近了克拉姆才有的，而吸引K的又正是这种诱惑力。"尽管弗丽达和K与客栈老板夫妇绝然不同，可是他们最终殊途同归。卡夫卡让《城堡》给予了我们一个刻薄的事实：女人的美丽是因为亲近了权力，她们对男人真正的吸引是因为她们身上有着权力的幻影。弗丽达离开了克拉姆之后，她的命运也就无从选择，"现在她在他的怀抱里枯萎了"。

阿玛丽亚的形象就是命运中悲剧的形象。在客栈老板娘和弗丽达顺从了权力之后，卡夫卡指出了道路的另一端，也就是阿玛丽亚的方向。顺着卡夫卡的手指，人们会看到一个拒绝了权力的身影如何变得破碎不堪。

事实上在卡夫卡笔下，阿玛丽亚和村里其他姑娘没有不同，也就是说她在内心深处对来自城堡的权力其实有着难以言传的向往，当象征着城堡权威的索尔蒂尼一眼看中她以后，她的脸上同样出现了恋爱的神色。她的悲剧是因为内心里还残留着羞耻感和自尊，当索尔蒂尼派人送来那张征召她的纸条时，上面粗野和下流的词汇突然激怒了她。这是卡夫卡洞察人心的描述，一张小小的纸条改变了阿玛丽亚和她一家人的命运，阿玛丽亚撕碎纸条的唯一理由就是上面没有爱的词句，全是赤裸裸的关于交媾的污言秽语。然后，叙述中有关权力的体验在阿玛丽亚一家人无休止的悲惨中展开，比起客栈老板娘和弗丽达顺从的体验，阿玛丽亚反抗之后的体验使城堡的权威显得更加可怕，同时也显得更加虚幻。

也许索尔蒂尼并没有把这事放在心上，对于那些来自城堡的老爷，他们床上的女人层出不穷。问题是出在村民的体验里，一旦得知阿玛丽亚拒绝了城堡里的老爷，所有的村民都开始拒绝阿玛丽亚一家。于是命运变得狰狞可怕了，她的父亲曾经是村里显赫的人物，可是这位出色的制鞋匠再也找不到生意了，曾经是他手下伙计的勃伦斯威克，在他们一家的衰落里脱颖而出，反而成为了他们的主子。两位年轻的姑娘奥尔珈和阿玛丽亚必须去承受所有人的歧视，她们的兄弟巴纳巴斯也在劫难逃。

在卡夫卡的叙述里，悲惨的遭遇一旦开始，就会一往无前。这一家人日日夜夜讨论着自己的命运，寻找着残存的希望。他们的讨论就像客栈老板夫妇的讨论那样无休无止，不同的是前者深陷在悲剧里，后者却是为了品尝回忆的荣耀。为了得到向索尔蒂尼道歉的机会，他们的父亲在冰雪里坐了一天又一天，守候着城堡里出来的老爷，直到他身体瘫痪为止；出于同样的理由，奥尔珈将自己的肉体供给那些城堡老爷的侍卫们肆意蹂躏。巴纳巴斯曾经带来过一线希望，他无意中利用了官僚制度里的漏洞，混进城堡成为了一名模棱两可的信使。然而他们所做的一切丝毫没有阻止命运在悲剧里前进的步伐，他们的努力只是为了在绝望里虚构出一线希望。卡夫卡告诉我们：权威是无法接近的，即便是向它道歉也无济于事。索尔蒂尼对于阿玛丽亚一家来说，就像城堡对于K一样，他们的存在并不是他们曾经出现过，而是因为自身有着挥之不去的恐惧和不安。

卡夫卡的叙述如同深渊的召唤，使阿玛丽亚一家的悲剧显得深不见底，哪怕叙述结束后，她们的悲剧仍然无法结束。这正是卡夫卡为什么会令人不安和战栗的原因。阿玛丽亚和她家庭悲惨的形象，是通过奥尔珈向K的讲述呈现出来的，这个震撼人心的章节在《城堡》的叙述里仿佛是节外生枝，它使《城堡》一直平衡均匀的叙述破碎了，如同阿玛丽亚破碎的命运。人的命运和叙述同时破碎，卡夫卡由此建立了叙述的高潮。其他作家都是叙述逐渐圆润后出现高潮的段落，卡夫卡恰恰相反。在这破碎的章节里，卡夫卡将权威的深不可测和村民的麻木不仁凝聚到了一起，或者说将性的体验和权力的体验凝聚到了一起。

有一个事实值得关注，那就是卡夫卡和性的关系影响了《城堡》中K的性生活。在卡夫卡留下的日记、书信和笔记里，人们很难找到一个在性生活上矫健的身影；与此相对应的叙述作品也同样如此，偶尔涉及到的性的段落也都是草草收场。这位三次订婚又在婚礼前取消了婚约的作家给人留下了软弱可欺的印象，而且他的三次订婚里有两次是和同一位姑娘。他和一位有夫之妇密伦娜的通信，使他有过短暂的狂热，这样的狂热使他几次提出了约会的非分之想，每一次都得到了密伦娜泼来的一盆凉水，这位夫人总是果断地回答：不行！因此，当有人怀疑卡夫卡一生中是否有过健康有力的性经历时，我感到这样的怀疑不会是空穴来风。退后一步说，即便卡夫卡的个人隐私无从证实，他在性方面的弱者的形象也很难改变。确切地说，卡夫卡性的经历很像他的人生经历，或者说很像K的经历；真正的性，或者说是卡夫卡向往中的性，对于他就像是城堡对于K一样，似乎永远是可望而不可即。

他在给密伦娜夫人的信中似乎暗示了他有这方面的要求，而在他其他的书信和日记里连这样的迹象都没有。他只是在笔记里写下了一句令人不知所措的话："它犹如与女人们进行的、在床上结束的斗争。"没有人知道这样的比喻针对什么，人们可以体验到的是这句话所涉及到的性的范围里没有爱的成分，将性支撑起来的欲望是由斗争组建的。另一个例子是K的经历，这位城堡的不速之客在第一夜就尝到了性的果子。在那个阴暗的章节里，卡夫卡不作任何铺垫的叙述，使弗丽达成为了Ｋ的不速之客。这一切发生的是如此的突然，当人们还在猜测着Ｋ是否能够获得与象征着权力的克拉姆见面的机会时，克拉姆的情人弗丽达娇小的身子已经在Ｋ的手里燃烧了。"他们在地上滚了没有多远，砰的一声滚到了克拉姆的房门前，他们就躺在这儿，在积着残酒的坑坑洼洼和扔在地板上的垃圾中间。"然后，卡夫卡写道："他们两个人像一个人似的呼吸着，两颗心像一颗心一样的跳动着。"这似乎是性交正在进行时的体验；接下去的段落似乎预示着高潮来临时的体验："Ｋ只觉得自己迷失了路，或者进入了一个奇异的国度，比人类曾经到过的任何国度都远，这个国度是那么奇异，甚至连空气都跟他故乡的大不相同，在这儿，一个人可能因为受不了这种奇异而死去，可是这种奇异又是那么富于魅力，使你只能继续向前走，让自己越陷越深。"

与卡夫卡那一段笔记十分近似，上述段落里Ｋ对性的体验没有肉体的欲望；不同的是Ｋ和弗丽达的经历不是床上的斗争，卡夫卡给予了他们两人以同一个人的和谐，当然这是缺乏了性欲的和谐，奇怪的是这样的和谐里有着虚幻的美妙，或者说上述段落的描写展示了想象中的性过程，而不是事实上的性过程。卡夫卡纯洁的叙述充满了孩子般的对性的憧憬，仿佛是一个没有这样经历的人的种种猜测。当卡夫卡将其最后的体验比喻成一个奇异的国度，一个比人类曾经到过的任何国度都要远的国度时，卡夫卡内心深处由来已久的尴尬也就如日出般升起，他和Ｋ的外乡人的身份显露了出来。"连空气都跟他故乡的大不相同",于是 K 和弗丽达的性高潮成为了忧郁的漂泊之旅。

是否可以这么说,就是在自身的性的经历里,卡夫卡仍然没有获得主人的身份。如果这一点能够确认,就不难理解在《城堡》的叙述里,为什么性的出现总是和权力纠缠到一起。我的意思是说卡夫卡比任何人都更为深刻地了解到性在社会生活中可以无限延伸。就像是一个失去了双腿的人会获得更多的凝视的权利,卡夫卡和性之间的陌生造成了紧张的对峙,从而培养了他对其长时间注视的习惯,这样的注视已经超越了人们可以忍受的限度,并且超越了一个时代可以忍受的限度。在这样的注视里,他冷静和深入地看到了性和官僚机器中的权力如何合二为一,"两颗心像一颗心一样跳动着"。因此在《城堡》的叙述里,同时指出权力深不可测和村民麻木不仁的,就是性的路标。

最后我要说的是,究竟是一个什么样的内心造就了卡夫卡的写作?我的感受是他的日记比他的叙述作品更能说明这一点。他在 1922 年 1 月 16 日的日记中写道:"两个时钟走得不一致。内心的那个时钟发疯似的,或者说着魔似的或者说无论如何以一种非人的方式猛跑着,外部的那个则慢吞吞地以平常的速度走着。除了两个不同世界的互相分裂之外,还能有什么呢?而这两个世界是以一种可怕的方式分裂着,或者至少在互相撕裂着。"卡夫卡的一生经历了什么?日记的回答是他在互相撕裂中经历了自己的一生。这有助于我们理解阿玛丽亚一家的命运为什么在破碎后还将不断地破碎下去,也使我们意识到这位与人们格格不入的作家为什么会如此陌生。

内心的不安和阅读的不知所措困扰着人们，在卡夫卡的作品中，没有人们已经习惯的文学出路，或者说其他的出路也没有，人们只能留下来，尽管这地方根本不是天堂，而且更像是地狱，人们仍然要留下来。就像那个永远无法进入城堡的 K 一样，悲哀和不断受到伤害的 K 仍然要说："我不能离开这里。我来到这儿，是想在这儿待下来的。我得在这儿待着。" K 只能待在城堡的边缘，同样的命运也属于卡夫卡和《城堡》的读者，这些留下来的读者其实也只是待在可以看见城堡的村庄里，卡夫卡叙述的核心就像城堡拒绝 K 一样拒绝着他们。城堡象征性的存在成为了卡夫卡叙述的不解之谜，正是这样的神秘之谜召唤着人们，这似乎是地狱的召唤，而且是永远无法走近的召唤。然后令人不安的事出现了，卡夫卡和 K 这两个没有主人身份的外来者，也使走进他们世界的读者成为了外来者。K 对自己说："究竟是什么东西引诱我到这个荒凉的地方来的呢，难道就只是为了想在这儿待下来吗？"被卡夫卡和 K 剥夺了主人身份的读者，也会这样自言自语。

一九九九年八月三十日

文学和文学史

这一天，纳粹党卫军在波兰的德罗戈贝奇对街上毫无准备的犹太人进行了扫射，一百五十人倒在了血泊之中。这只是德国纳粹在那个血腥年代里所有精心策划和随心所欲行动中的一个例子，无辜者的鲜血染红了欧洲无数的街道，波兰的德罗戈贝奇也不例外。死难者的姓名以孤独的方式被他们的亲友和他们曾经居住过的城市所铭记，只有一个人的姓名从他们中间脱颖而出，去了法国、德国和其他更多的地方，1992年他来到了中国，被印刷在当年第3期的《外国文艺》上，这个人就是布鲁诺·舒尔茨，这位中学图画教师死于1942年11月19日。

他可能是一位不错的画家，从而得到过一位喜欢他绘画的盖世太保军官的保护。同时他也写下了小说，死后留下了两本薄薄的短篇小说集和一个中篇小说，此外他还翻译了卡夫卡的《审判》。他的作品有时候与卡夫卡相像，他们的叙述如同黑暗中的烛光，都表达了千钧一发般的紧张之感。同时他们都是奥匈帝国的犹太人——卡夫卡来自布拉格；布鲁诺·舒尔茨来自波兰的德罗戈贝奇。犹太民族隐藏着某些难以言传的品质，只有他们自己可以去议论。另一位犹太作家艾萨克·辛格也承认布鲁诺·舒尔茨有时候像卡夫卡，同时辛格感到他有时候还像普鲁斯特，辛格最后指出："而且时常成功地达到他们没有达到的深度。"

布鲁诺·舒尔茨可能仔细地阅读过卡夫卡的作品，并且将德语的《审判》翻译成波兰语。显然，他是卡夫卡最早出现的读者中的一位，这位比卡夫卡年轻九岁的作家一下子在镜中看到了自己，他可能意识到别人的心脏在自己的身体里跳动起来。心灵的连接会使一个人的作品激发起另一个人的写作，然而没有一个作家可以在另外一个作家那里得到什么，他只能从文学中去得到。即便有卡夫卡的存在，布鲁诺·舒尔茨仍然写下了本世纪最有魅力的作品之一，可是他的数量对他的成名极为不利。卡夫卡的作品震撼近一个世纪的阅读，可是他没有收到眼泪；布鲁诺·舒尔茨被人点点滴滴地阅读着，他却两者都有。这可能也是艾萨克·辛格认为他有时候像普鲁斯特的理由，他的作品里有着惊人的孩子般的温情。而且，他的温情如同一棵大树的树根一样被埋藏在泥土之中，以其隐秘的方式喂养着那些苗壮成长中的枝叶。

与卡夫卡坚硬有力的风格不同，布鲁诺·舒尔茨的叙述有着旧桌布般的柔软，或者说他的作品里舒展着某些来自诗歌的灵活品性，他善于捕捉那些可以不断延伸的甚至是捉摸不定的意象。

　　　　　　　　　　　　　　　　　　　｜ 余华作品

在这方面，布鲁诺·舒尔茨似乎与 T．S．艾略特更为接近，尤其是那些在城市里游走的篇章，布鲁诺·舒尔茨与这位比自己年长四岁的诗人一样，总是忍不住要抒发出疾病般的激情。

于是，他的比喻就会令人不安。"漆黑的大教堂，布满肋骨似的椽子、梁和桁架——黑黢黢的冬天的阵风的肺。""白天寒冷而叫人腻烦，硬邦邦的，像去年的面包。""月亮透过成千羽毛似的云，像天空中出现了银色的鳞片。""她们闪闪发亮的黑眼睛突然射出锯齿形的蟑螂的表情。""冬季最短促的、使人昏昏欲睡的白天的首尾，是毛茸茸的……"

"漆黑的大教堂" 在叙述里是对夜空的暗示。空旷的景色和气候在布鲁诺·舒尔茨这里经历了物化的过程，而且体积迅速地缩小，成为了实实在在的肋骨和面包，成为了可以触摸的毛茸茸。对于布鲁诺·舒尔茨来说，似乎不存在远不可及的事物，一切都是近在眼前，他赋予它们直截了当的亲切之感——让寒冷的白天成为"去年的面包"；让夜空成为了"漆黑的大教堂"。虽然他的亲切更多的时候会让人战栗，他却仍然坚定地以这种令人不安的方式拉拢着阅读者，去唤醒他们身心皆有的不安感受，读下去就意味着进入了阴暗的梦境，而且以噩梦的秩序排成一队，最终抵达了梦魇。

布鲁诺·舒尔茨似乎建立了一个恐怖博物馆，使阅读者在走入这个变形的展览时异常的小心翼翼。然而，一旦进入到布鲁诺·舒尔茨的叙述深处，人们才会发现一个真正的布鲁诺·舒尔茨，发现他叙述的柔软和对人物的温情脉脉。这时候人们才会意识到布鲁诺·舒尔茨的恐怖只是出售门票时的警告，他那些令人不安的描写仅仅是叙述的序曲和前奏曲，或者在叙述的间隙以某些连接的方式出现。

他给予了我们一个"父亲"，在不同的篇目里以不同的形象——人、蟑螂、螃蟹或者蝎子出现。显然，这是一个被不幸和悲哀、失败和绝望凝聚起来的"父亲"；不过，在布鲁诺·舒尔茨的想象里，"父亲"似乎悄悄拥有着隐秘的个人幸福："他封起了一个个炉子，研究永远无从捉摸的火的实质，感受着冬天火焰的盐味和金属味，还有烟气味，感受着那些舐着烟囱出口的闪亮的煤烟火蛇的阴凉的抚摸。"

这是《鸟》中的段落。此刻的父亲刚刚将自己与实际的事务隔开，他显示出了古怪的神情和试图远离人间的愿望，他时常蹲在一架扶梯的顶端，靠近漆着天空、树叶和鸟的天花板，这个鸟瞰的地位使他获得了前所未有的快乐。他的妻子对他的古怪行为束手无策，他的孩子都还小，所以他们能够欣赏父亲的举止，只有家里的女佣阿德拉可以摆布他，阿德拉只要向他做出挠痒痒的动作，他就会惊慌失措地穿过所有的房间，砰砰地关上一扇扇房门，躺到最远房间的床上，"在一阵阵痉挛的大笑中打滚，想象着那种他没法顶住的挠痒"。

然后，这位父亲表现出了对动物的强烈兴趣，他从汉堡、荷兰和非洲的动物研究所进口种种鸟蛋，用比利时进口的母鸡孵这些蛋，奇妙的小玩意儿一个个出现了，使他的房间里充满了颜色，它们的形象稀奇古怪，很难看出属于什么品种，而且都长着巨大的嘴，它们的眼睛里一律长着与生俱有的白内障。这些瞎眼的小鸟迅速地长大，使房间里充满了叽叽喳喳的欢快声，喂食的时候它们在地板上形成一张五光十色、高低不平的地毯。其中有一只秃鹫活像是父亲的一位哥哥，它时常张着被白内障遮盖的眼睛，庄严和孤独地坐在父亲的对面，如同父亲去掉了水分后干缩的木乃伊，奇妙的是，它使用父亲的便壶。

父亲的事业兴旺发达，他安排起鸟的婚配，使那些稀奇古怪的新品种越来越稀奇古怪，也越来越多。这时候，阿德拉来了，只有她可以终止父亲的事业。阿德拉成为了父亲和人世间唯一的联结，成为了父亲内心里唯一的恐惧。怒气冲冲的阿德拉挥舞着扫帚，清洗了父亲的王国，把所有的鸟从窗口驱赶了出去。"过了一会儿，我父亲下楼来—— 一个绝望的人，一个失去了王位和王国的流亡的国王。"

布鲁诺·舒尔茨为自己的叙述找到了一个纯洁的借口——孩子的视角，而且是这位父亲的儿子，因此叙述者具有了旁人和成年人所不具备的理解和同情心，孩子的天真隐藏在叙述之中，使布鲁诺·舒尔茨内心的怜悯弥漫开来，温暖着前进中的叙述。在《蟑螂》里，讲述故事的孩子似乎长大了很多，叙述的语调涂上了回忆的色彩，变得朴实和平易近人。那时候父亲已经神秘地消失了，他的鸟的王国出租给了一个女电话接线员，昔日的辉煌破落成了一个标本——那只秃鹫的标本，站在起居室的一个架子上。它的眼睛已经脱落，木屑从眼袋里撒出来，羽毛差不多被蛀虫吃干净了，然而它仍然有着庄严和孤独的僧侣神态。故事的讲述者认为秃鹫的标本就是自己的父亲，他的母亲则更愿意相信自己的丈夫是在那次蟑螂入侵时消失的。他们共同回忆起当时的情形，蟑螂黑压压地充满了那个夜晚，像蜘蛛似的在他们房间里奔跑，父亲发出了连续不断的恐怖的叫声，"他拿着一支标枪，从一张椅子跳到另一张椅子上"。而且刺中了一只蟑螂。此后，父亲的行为变了，他忧郁地看到自己身上出现了一个个黑点，好像蟑螂的鳞片。他曾经用体内残存的力量来抵抗自己对蟑螂的着迷，可是他失败了，没有多久他就变得无可救药，"他和蟑螂的相似一天比一天显著——他正在变成一只蟑螂"。接下去他经常失踪几个星期，去过蟑螂的生活，谁也不知道他生活在地板的哪条裂缝里，以后他再也没有回来。阿德拉每天早晨都扫出一些死去的蟑螂，厌恶地烧掉，他有可能是其中的一只。故事的讲述者开始有些憎恨自己的母亲，他感到母亲从来没有爱过父亲。"父亲既然从来没有在任何女人的心中扎下根，他就不可能同任何现实打成一片。"所以父亲不得不永远漂浮着，他失去了生活和现实，"他甚至没法获得一个诚实的平民的死亡"，他连死亡都失去了。

布鲁诺·舒尔茨给予了我们不留余地的悲剧，虽然他叙述的灵活性能够让父亲不断地回来，可是他每一次回来都比前面的死去更加悲惨。在《父亲的最后一次逃走》里，父亲作为一只螃蟹或者是蝎子回来了，是他的妻子在楼梯上发现了他，虽然他已经变形，她还是一眼认出了他，然后是他的儿子确认了他。他重新回到了家中，以螃蟹或者蝎子的习惯生活着，虽然他已经认不出过去作为人时的食物，可是在吃饭的时候他仍然会恢复过去的身份，来到餐室，一动不动地停留在桌子下面，"尽管他的参加完全是象征性的"。这时候他的家已经今非昔比，阿德拉走了，女佣换成了根雅，一个用旧信和发票调白汁沙司的糟糕的女佣，而且孩子的叔叔查尔斯也住到了他的家中。这位查尔斯叔叔总是忍不住去踩他，他被查尔斯踢过以后，就会"用加倍的速度像闪电似的、锯齿形地跑起来，好像要忘掉他不体面地摔了一跤这个回忆似的"。

接下去，布鲁诺·舒尔茨让母亲以对待一只螃蟹的正确态度对待了这位父亲，把它煮熟了，"显得又大又肿"，被放在盆子里端了上来。这是一个难以置信的举动，虽然叙述在前面已经表达出了某些忍受的不安，除了查尔斯叔叔以外，家庭的其他成员似乎都不愿意更多地去观看它，然而它是父亲的事实并没有在他们心中改变，可是有一天母亲突然把它煮熟了。其实，布鲁诺·舒尔茨完全可以让查尔斯叔叔去煮熟那只螃蟹，毫无疑问他会这么干，当螃蟹被端上来后，只有他一个人举起了叉子。布鲁诺·舒尔茨选择了母亲，这是一个困难的选择，同时又是一个优秀作家应有的选择。查尔斯叔叔煮熟螃蟹的理由因为顺理成章就会显得十分单调，仅仅是延续叙述已有的合理性；母亲就完全不一样了，她的举动因为不可思议会使叙述出现难以预测的丰富品质。优秀的作家都精通此道，他们总是不断地破坏已经合法化的叙述，然后在其废墟上重建新的叙述逻辑。

在这里，布鲁诺·舒尔茨让叙述以跳跃的方式渡过了难关，他用事后的语调进行了解释性的叙述，让故事的讲述者去质问母亲，而"母亲哭了，绞着双手，找不到一句回答的话"，然后讲述者自己去寻找答案——"命运一旦决意把它的无法理解的怪念头强加在我们身上，就千方百计地施出花招。一时的糊涂、一瞬间的疏忽或者鲁莽……"其实，这也是很多作家乐意使用的技巧，让某一个似乎是不应该出现的事实，在没有任何前提时突然出现，再用叙述去修补它的合理性。显然，指出事实再进行解释比逐渐去建立事实具有更多的灵活性和技巧。

查尔斯叔叔放下了他手中的叉子，于是谁也没有去碰那只螃蟹，母亲吩咐把盆子端到起居室，又在螃蟹上盖了一块紫天鹅绒。布鲁诺·舒尔茨再次显示了他在叙述进入到细部时的非凡洞察力，几个星期以后，父亲逃跑了，"我们发现盆子空了。一条腿横在盆子边上……"布鲁诺·舒尔茨感人至深地描写了父亲逃跑时腿不断地脱落在路上，最后他这样写道："他靠着剩下的精力，拖着他自己到某个地方去，去开始一种没有家的流浪生活；从此以后，我们没有再见到他。"

布鲁诺·舒尔茨与卡夫卡一样，使自己的写作在几乎没有限度的自由里生存，在不断扩张的想象里建构起自己的房屋、街道、河流和人物，让自己的叙述永远大于现实。他们笔下的景色经常超越视线所及，达到他们内心的长度；而人物的命运像记忆一样悠久，生和死都无法去测量。他们的作品就像他们失去了空间的民族，只能在时间的长河里随波逐流。于是我们读到了丰厚的历史，可是找不到明确的地点。

就是在写作的动机上，布鲁诺·舒尔茨和卡夫卡也有相似之处，他们都不是为出版社和杂志写作。布鲁诺·舒尔茨的作品最早都是发表在信件上，一封封寄给德博拉·福格尔的信件，这位诗人和哲学博士兴奋地阅读着他的信，并且给予了慷慨的赞美和真诚的鼓励，布鲁诺·舒尔茨终于找到了读者。虽然他后来正式出版了自己的作品，然而当时的文学时尚和批评家的要求让他感到极其古怪，他发现真正的读者其实只有一位。布鲁诺·舒尔茨的德博拉·福格尔在某种意义上就是卡夫卡的马克斯·布洛德，他们在卡夫卡和布鲁诺·舒尔茨那里都成为了读者的象征。随着岁月的流逝，象征变成了事实。德博拉·福格尔和马克斯·布洛德在岁月里不断生长，他们以各自的方式变化着，德博拉·福格尔从一棵树木变成了树林，马克斯·布洛德则成为了森林。

尽管布鲁诺·舒尔茨与卡夫卡一样写下了本世纪最出色的作品，然而他无法成为本世纪最重要的作家，他的德博拉·福格尔也无法成为森林。这并不是因为布鲁诺·舒尔茨曾经得到过卡夫卡的启示，即便是后来者的身份，也不应该削弱他应有的地位，因为任何一位作家的前面都站立着其他的作家。博尔赫斯认为纳撒尼尔·霍桑是卡夫卡的先驱者，而且卡夫卡的先驱者远不止纳撒尼尔·霍桑一人；博尔赫斯同时认为在文学里欠债是互相的，卡夫卡不同凡响的写作会让人们重新发现纳撒尼尔·霍桑《故事新编》的价值。同样的道理，布鲁诺·舒尔茨的写作也维护了卡夫卡精神的价值和文学的权威，可是谁的写作维护了布鲁诺·舒尔茨？

布鲁诺·舒尔茨的文学命运很像那张羊皮纸地图里的鳄鱼街。在他那篇题为《鳄鱼街》的故事里，那张挂在墙上的巨大的地图里，地名以不同的方式标示出来，大部分的地名都是用显赫的带装饰的印刷体印在那里；有几条街道只是用黑线简单地标出，字体也没有装饰；而羊皮纸地图的中心地带却是一片空白，这空白之处就是鳄鱼街。它似乎是一个道德沉沦和善恶不分的地区，城市其他地区的居民引以为耻，地图表达了这一普遍性的看法，取消了它的合法存在。虽然鳄鱼街的居民们自豪地感到他们已经拥有了真正大都会的伤风败俗，可是其他伤风败俗的大都会却拒绝承认它们。

悬挂在《鳄鱼街》里的羊皮纸地图，在某种意义上象征了我们的文学史。纳撒尼尔·霍桑的名字，弗兰茨·卡夫卡的名字被装饰了起来，显赫地铭刻在一大堆耀眼的名字中间；另一个和他们几乎同样出色的作家布鲁诺·舒尔茨的名字，却只能以简单的字体出现，而且时常会被橡皮擦掉。这样的作家其实很多，他们都或多或少地写下了无愧于自己，同时也无愧于文学的作品。然而，文学史总是乐意去表达作家的历史，而不是文学真正的历史，于是更多的优秀作家只能去鳄鱼街居住，文学史的地图给予他们的时常是一块空白，少数幸运者所能得到的也只是没有装饰的简单的字体。

日本的樋口一叶似乎是另一位布鲁诺·舒尔茨，这位下等官僚的女儿尽管在日本的文学史里获得了一席之地，就像布鲁诺·舒尔茨在波兰或者犹太民族文学史中的位置，可是她名字的左右时常会出现几位平庸之辈，这类作家仅仅是依靠纸张的数量去博得文学史的青睐。樋口一叶毫无疑问可以进入19世纪最伟大的女作家之列，她的《青梅竹马》是我读到的最优美的爱情篇章，她深入人心的叙述有着阳光的温暖和夜晚的凉爽。这位十七岁就挑起家庭重担的女子，二十四岁时以和卡夫卡同样的方式——肺病，离开了人世。她留给我们的只有二十几个短篇小说，死亡掠夺了樋口一叶更多的天赋，也掠夺了人们更多的敬意。而她死后置身其间的文学史，似乎也像死亡一样蛮横无理。

布鲁诺·舒尔茨的不幸，其实也是文学的不幸。几乎所有的文学史都把作家放在了首要的位置，而把文学放在了第二位。只有很少的人意识到文学比作家更重要，保罗·瓦莱里是其中的一个，他认为文学的历史不应当只是作家的历史，不应当写成作家或作品的历史，而应当是精神的历史，他说："这一历史完全可以不提一个作家而写得尽善尽美。"可是，保罗·瓦莱里只是一位诗人，他不是一位文学史的编写者。

欧内斯特·海明威曾经认为史蒂芬·克莱思是20世纪美国最重要的作家之一，因为他写下了两篇精彩无比的短篇小说，其中一篇就是《海上扁舟》。史蒂芬·克莱思的其他作品，海明威似乎不屑一顾。然而对海明威来说，两个异常出色的短篇小说已经足够了。在这里，海明威发出了与保罗·瓦莱里相似的声音，或者说他们共同指出了另外一部文学史存在的事实，他们指出了阅读的历史。

事实上，一部文学作品能够流传，经常是取决于某些似乎并不重要甚至是微不足道然而却是不可磨灭的印象。对阅读者来说，重要的是他们记住了什么，而不是他们读到过什么。他们记住的很可能只是几句巧妙的对话，或者是一个丰富有力的场景，甚至一个精妙绝伦的比喻都能够使一部作品成为难忘。因此，文学的历史和阅读的历史其实是同床异梦，虽然前者创造了后者，然而后者却把握了前者的命运。除非编年史的专家，其他的阅读者不会在意作者的生平、数量和地位，不同时期对不同文学作品的选择，使阅读者拥有了自己的文学经历，也就是保罗·瓦莱里所说的精神的历史。因此，每一位阅读者都以自己的阅读史编写了属于自己的文学史。

一九九八年九月七日

威廉·福克纳

　　我手里有两册《喧哗与骚动》，一册是 1984 年出版，定价 1.55 元，印数 87500 册；另一册是 1995 年出版的，定价 18.40 元，印数 10000 册。这十一年里，我们经历了很多变化，就像《喧哗与骚动》的定价和印数一样，很多事物都已经面目全非。当然也有不变的，比如这两册《喧哗与骚动》都是上海译文出版社出版，都是同一位出色的学者和翻译家李文俊的译文。这没有变化的事实似乎暗示了我们，一个过去的时代其实并没有过去，它和我们的今天重叠起来了，它的存在并不是为了让我们这些拥有着过去的人在回忆往事时增加一些甜蜜，或者勾起一些心酸，而是继续影响我们，就像它在过去岁月里所做的那样，影响着我们的理解和判断。也是同样的道理，威廉·福克纳是永存的。

　　这是一位奇妙的作家，他是为数不多的能够教会别人写作的作家，他的叙述里充满了技巧，同时又隐藏不见，尤其是他的一些中短篇小说，外表马虎，似乎叙述者对自己的工作随心所欲，就像他叼着烟斗的著名照片，一脸的满不在乎。然而在骨子里，却是一位威廉·福克纳，他在给兰登书屋的罗伯特·哈斯的信中这样写道："……需要精心地写，得反复修改才能写好……"这就是威廉·福克纳，他精心地写作，反复修改地写作，而他写出来的作品却像是从来就没有过修改，仿佛他一气呵成地写完了十八部长篇小说，还有一堆中短篇小说，接下去他就游手好闲地在奥克斯福，或者在孟菲斯走来走去，而且还经常打着赤脚。

就像我们见过的那些手艺高超的木工，他们干活时的神态都是一样的漫不经心，他们从不把自己的认真显示出来，只有那些学徒才会将自己的兢兢业业流露在冒汗的额头和紧张的手上。威廉·福克纳就是这样，叙述上的训练有素已经不再是写作的技巧，而是出神入化地成为了他的血管、肌肉和目光，他的感受、想象和激情，他有足够的警觉和智慧来维持着叙述上的秩序，他是一个从来没有在叙述时犯下低级错误的作家，他不会被那些突然来到的漂亮句式，还有艳丽的词语所迷惑，他用不着眨眼睛就会明白这些句式和词语都是披着羊皮的狼，它们的来到只会使他的叙述变得似是而非和滑稽可笑。他深知自己正在进行中的叙述需要什么，需要的是准确和力量，就像战斗中子弹要去的地方是心脏，而不是插在帽子上摇晃的羽毛饰物。

这就是威廉·福克纳的作品，像生活一样质朴，如同山上的石头和水边的草坡，还有尘土飞扬的道路和密西西比河泛滥的洪水，傍晚的餐桌和酒贩子的威士忌……他的作品如同张开着还在流汗的毛孔，或者像是沾着烟丝的嘴唇，他的作品里什么都有，美好的和丑陋的，以及既不美好也不丑陋的，就是没有香水，没有那些多余的化妆和打扮，就像他打着赤脚游手好闲的样子，就像他的《我弥留之际》里那一段精彩的结尾——"'这是卡什、朱厄尔、瓦达曼，还有杜威·德尔。'爹说，一副小人得志、趾高气扬的样子，假牙什么一应俱全，虽说他还不敢正眼看我们。'来见过本德仑太太吧，'他说。"—— 他就是这样一位作家，写下的精彩篇章让我们着迷，让我们感叹，同时也让我们发现这些精彩的篇章并不比生活高明，因为它们就是生活。他是这个世界上为数不多的始终和生活平起平坐的作家，也是为数不多的能够证明文学不可能高于生活的作家。

一九九七年八月十五日

胡安·鲁尔福

　　加西亚·马尔克斯在他那篇令人感动的文章《回忆胡安·鲁尔福》里这样写道："对于胡安·鲁尔福作品的深入了解，终于使我找到了为继续写我的书而需要寻找的道路……他的作品不过三百页，但是它几乎和我们所知道的索福克勒斯的作品一样浩瀚，我相信也会一样经久不衰。"

　　这段话至少说明了两个问题，首先是一位作家对于另一位作家意味着什么？显然，这是文学里最为奇妙的经历之一。1961年7月2日，加西亚·马尔克斯提醒我们，这是欧内斯特·海明威开枪自毙的那一天，而他自己漂泊的生涯仍在继续着，这一天他来到了墨西哥，来到了胡安·鲁尔福所居住的城市。在此之前，他在巴黎苦苦熬过了三个年头，又在纽约游荡了八个月，然后他的生命把他带入了三十二岁，妻子梅塞德斯陪伴着他，孩子还小，他在墨西哥找到了工作。加西亚·马尔克斯认为自己十分了解拉丁美洲的文学，自然也十分了解墨西哥的文学，可是他不知道胡安·鲁尔福；他在墨西哥的同事和朋友都非常熟悉胡安·鲁尔福的作品，可是没有人告诉他。当时的加西亚·马尔克斯已经出版了《枯枝败叶》，而另外的三本书《没有人给他写信的上校》《恶时辰》和《格兰德大妈的葬礼》也快要出版，他的天才已经初露端倪，可是只有作者知道自己正在经历着什么，他正在经历着倒霉的时光，因为他的写作进入了死胡同，他找不到可以钻出去的裂缝。就在这个时候，他的朋友阿尔瓦罗·穆蒂斯提着一捆书来到了，并且从里面抽出了最薄的那一本递给他，《佩德罗·巴拉莫》，在那个不眠之夜，加西亚·马尔克斯和胡安·鲁尔福相遇了。

这可能是文学里最为动人的相遇了。当然，还有让－保罗·萨特在巴黎的公园的椅子上读到了卡夫卡；博尔赫斯读到了奥斯卡·王尔德；阿尔贝·加缪读到了威廉·福克纳；波德莱尔读到了爱伦·坡；尤金·奥尼尔读到了斯特林堡；毛姆读到了陀思妥耶夫斯基……卡夫卡名字的古怪拼写曾经使让－保罗·萨特发出一阵讥笑，可是当他读完卡夫卡的作品以后，他就只能去讥笑自己了。

文学就是这样获得了继承。一个法国人和一个奥地利人，或者是一个英国人和一个俄国人，尽管他们生活在不同的时间和不同的空间，使用不同的语言和喜爱不同的服装，爱上了不同的女人和不同的男人，而且属于各自不同的命运。这些理由的存在，让他们即使有机会坐到了一起，也会视而不见。可是有一个理由，只有一个理由可以使他们跨越时间和空间，跨越死亡和偏见，在对方的脸上看到了自己的形象，在对方的胸口听到了自己的心跳，有时候，文学可以使两个绝然不同的人成为一个人。因此，当一个哥伦比亚人和一个墨西哥人突然相遇时，就是上帝也无法阻拦他们了。加西亚·马尔克斯找到了可以钻出死胡同的裂缝，《佩德罗·巴拉莫》成为了一道亮光，可能是十分微弱的亮光，然而使一个人绝处逢生已经绰绰有余。

一个作家的写作影响了另一个作家的写作，这已经成为了文学中写作的继续，让古已有之的情感和源远流长的思想得到继续，这里不存在谁在获利的问题，也不存在谁被覆盖的问题，文学中的影响就像植物沐浴着的阳光一样，植物需要阳光的照耀并不是希望自己能够成为阳光，而是始终要以植物的方式去茁壮成长。另一方面，植物的成长也表明了阳光不可或缺的重要性。一个作家的写作也同样如此，其他作家的影响恰恰是为了使自己不断地去发现自己，使自己写作的独立性更加完整，同时也使文学得到了延伸，使人们的阅读有机会了解了今天作家的写作，同时也会更多地去了解过去作家的写作。文学就像是道路一样，两端都是方向，人们的阅读之旅在经过胡安·鲁尔福之后，来到了加西亚·马尔克斯的车站；反过来，经过了加西亚·马尔克斯，同样也能抵达胡安·鲁尔福。两个各自独立的作家就像他们各自独立的地区，某一条精神之路使他们有了联结，他们已经相得益彰了。

在《回忆胡安·鲁尔福》里，加西亚·马尔克斯指出了这位作家的作品不过三百页，可是他像索福克勒斯的作品一样浩瀚。马尔克斯不惜越过莎士比亚，寻找一个数量更为惊人的作家来完成自己的比喻。在这里，加西亚·马尔克斯指出了一个文学中存在已久的事实，那就是作品的浩瀚和作品的数量不是一回事。

就像Ｅ．Ｍ．福斯特这样指出了Ｔ．Ｓ．艾略特，威廉·福克纳指出了舍伍德·安德森，艾萨克·辛格指出了布鲁诺·舒尔茨，厄普代克指出了博尔赫斯……人们议论纷纷，在那些数量极其有限的作家的作品中如何获得了广阔无边的阅读。柯尔律治认为存在着四类阅读的方式：第一类是"海绵"式的阅读，轻而易举地将读到的吸入体内，同样也可以轻而易举地排出；第二类是"沙漏计时器"，他们一本接一本地阅读只是为了在计时器里漏一遍；第三类是"过滤器"类，广泛地阅读只是为了在记忆里留下一鳞半爪；第四类才是柯尔律治希望看到的阅读，他们的阅读不仅是为了自己获益，而且也为了别人有可能来运用他们的知识，然而这样的读者在柯尔律治眼中是"犹如绚丽的钻石一般既贵重又稀有的人"。显然，加西亚·马尔克斯是一颗柯尔律治理想中的"绚丽的钻石"。

柯尔律治把难题留给了阅读，然后他指责了多数人对待词语的轻率态度，他的指责使他显得模棱两可，一方面表达了他对流行的阅读方式的不满，另一方面他也没有放过那些不负责任的写作。其实根源就在这里，正是那些轻率地对待词语的写作者，而且这样的恶习在每一个时代都是蔚然成风，当胡安·鲁尔福以自己杰出的写作从而获得永生时，另一类作家伤害文学的写作，也就是写作的恶习也同样可以超越死亡而世代相传。这就是加西亚·马尔克斯为什么要区分作品的浩瀚和作品的数量的理由，也是柯尔律治寻找第四类阅读的热情所在。

加西亚·马尔克斯在文章里继续写道："当有人对卡洛斯·维洛说我能够整段整段地背诵《佩德罗·巴拉莫》时，我依然沉醉在胡安·鲁尔福的作品中。其实，情况还远不止于此；我能够背诵全书，且能倒背，不出大错。并且我还能说出每个故事在我读的那本书的哪一页上，没有一个人物的任何特点我不熟悉。"

还有什么样的阅读能够像马尔克斯这样持久、赤诚、深入和广泛？就是对待自己的作品，马尔克斯也很难做到不出大错地倒背。在柯尔律治欲言又止之处，加西亚·马尔克斯更为现实地指出了阅读存在着无边无际的广泛性。对马尔克斯而言，完整的或者片段的，最终又是不断地对《佩德罗·巴拉莫》的阅读过程，在某种意义上已经是一次次写作的过程，"没有一个人物的任何特点我不熟悉"，加西亚·马尔克斯的阅读成为了另一支笔，不断复写着，也不断续写着《佩德罗·巴拉莫》。不过他没有写在纸上，而是写进了自己的思想和情感之河。然后他换了一支笔，以完全独立的方式写下了《百年孤独》，这一次他写在了纸上。

事实上，胡安·鲁尔福在《佩德罗·巴拉莫》和《烈火中的平原》的写作中，已经显示了写作永不结束的事实，这似乎是一切优秀作品中存在的事实。就像贝瑞逊赞扬海明威《老人与海》"无处不洋溢着象征"一样，胡安·鲁尔福的《佩德罗·巴拉莫》

也具有了同样的品质。作品完成之后写作的未完成，这几乎成为了《佩德罗·巴拉莫》最重要的品质。在这部只有一百多页的作品里，似乎在每一个小节的后面都可以将叙述继续下去，使它成为一部一千页的书，成为一部无尽的书。可是谁也无法继续《佩德罗·巴拉莫》的叙述，就是胡安·鲁尔福自己也同样无法继续。虽然这是一部永远有待于完成的书，可它又是一部永远不能完成的书。不过，它始终是一部敞开的书。

胡安·鲁尔福没有边界的写作，也取消了加西亚·马尔克斯阅读的边界。这就是马尔克斯为什么可以将《佩德罗·巴拉莫》背诵下来，就像胡安·鲁尔福的写作没有完成一样，马尔克斯的阅读在每一次结束之后也同样没有完成，如同他自己的写作。现在，我们可以理解加西亚·马尔克斯为什么在胡安·鲁尔福的作品里读到了索福克勒斯般的浩瀚，是因为他在一部薄薄的书中获得了无边无际的阅读。同时也可以理解马尔克斯的另一个感受：与那些受到人们广泛谈论的经典作家不一样，胡安·鲁尔福的命运是——受到了人们广泛的阅读。

一九九八年十二月六日

前言和后记

前　言

　　这本书表达了作者对长度的迷恋，一条道路、一条河流、一条雨后的彩虹、一个绵延不绝的回忆、一首有始无终的民歌、一个人的一生。这一切犹如盘起来的一捆绳子，被叙述慢慢拉出去，拉到了路的尽头。

　　在这里，作者有时候会无所事事。因为他从一开始就发现虚构的人物同样有自己的声音，他认为应该尊重这些声音，让它们自己去风中寻找答案。于是，作者不再是一位叙述上的侵略者，而是一位聆听者，一位耐心、仔细、善解人意和感同身受的聆听者。他努力这样去做，在叙述的时候，他试图取消自己作者的身份，他觉得自己应该是一位读者。事实也是如此，当这本书完成之后，他发现自己知道的并不比别人多。

　　书中的人物经常自己开口说话，有时候会让作者吓一跳，当那些恰如其分又十分美妙的话在虚构的嘴上脱口而出时，作者会突然自卑起来，心里暗想："我可说不出这样的话。"然而，当他成为一位真正的读者，当他阅读别人作品时，他又时常暗自得意："我也说过这样的话。"

这似乎就是文学的乐趣，我们需要它的影响，来纠正我们的思想和态度。有趣的是，当众多伟大的作品影响着一位作者时，他会发现自己虚构的人物也正以同样的方式影响着他。

这本书其实是一首很长的民歌，它的节奏是回忆的速度，旋律温和地跳跃着，休止符被韵脚隐藏了起来。作者在这里虚构的只是两个人的历史，而试图唤起的是更多人的记忆。

马提亚尔说："回忆过去的生活，无异于再活一次。"写作和阅读其实都是在敲响回忆之门，或者说都是为了再活一次。

北京，一九九八年七月十日

[《许三观卖血记》韩文版（1998 年）序]

前　言

这是一本关于平等的书，这话听起来有些奇怪，而我确实是这样认为的。我知道这本书里写到了很多现实，"现实"这个词让我感到自己有些狂妄，所以我觉得还是退而求其次，声称这里面写到了平等。在一首来自十二世纪的非洲北部的诗里面这样写道：

可能吗，我，雅可布－阿尔曼苏尔的一个臣民，会像玫瑰和亚里士多德一样死去？

我认为，这也是一首关于平等的诗。一个普通的臣民，我们有理由相信他是一个规矩人，一个羡慕玫瑰的美丽和亚里士多德的博学品质的规矩人，他期望着有一天能和他们平等，就是死亡来到的这一天，在他弥留之际，他会幸福地感到玫瑰和亚里士多德曾经和他的此刻一模一样。海涅说："死亡是凉爽的夜晚。"海涅也赞美了死亡，因为"生活是痛苦的白天"，除此以外，海涅也知道死亡是唯一的平等。

还有另外一种对平等的追求。有这样一个人，他不知道有个外国人叫亚里士多德，也不认识玫瑰（他只知道那是花），他知道的事情很少，认识的人也不多，他只有在自己生活的小城里行走才不会迷路。当然，和其他人一样，他也有一个家庭，有妻子和儿子；也和其他人一样，在别人面前显得有些自卑，而在自己的妻儿面前则是信心十足，所以他也就经常在家里骂骂咧咧。这个人头脑简单，虽然他睡着的时候也会做梦，但是他没有梦想。当他醒着的时候，他也会追求平等，不过和那个雅可布－阿尔曼苏尔的臣民不一样，他才不会通过死亡去追求平等，他知道人死了就什么都没有了。他是一个像生活那样实实在在的人，所以他追求的平等就是和他的邻居一样，和他所认识的那些人一样。当他的生活极其糟糕时，因为别人的生活同样糟糕，他也会心满意足。他不在乎生活的好坏，但是不能容忍别人和他不一样。

这个人的名字很可能叫许三观，遗憾的是许三观一生追求平等，到头来却发现：就是长在自己身上的眉毛和屌毛都不平等。所以他牢骚满腹地说："屌毛出得比眉毛晚，长得倒是比眉毛长。"

北京，一九九七年八月二十六日

[《许三观卖血记》德文版（1999年）序]

前　言

有一个人我至今没有忘记，有一个故事我也一直没有去写。我熟悉那个人，可是我无法回忆起他的面容，然而我却记得他嘴角叼着烟卷的模样，还有他身上那件肮脏的白大褂。有关他的故事和我自己的童年一样清晰和可信，这是一个血头生命的历史，我的记忆点点滴滴，不断地同时也是很不完整地对我讲述过他。

这个人已经去世，这是我父亲告诉我的。我的父亲，一位退休的外科医生在电话里提醒我——是否还记得这个人所领导的那次辉煌的集体卖血？我当然记得。

这个人有点像这本书中的李血头，当然他不一定姓李，我忘记了他真实的姓，这样更好，因为他将是中国众多姓氏中的任何一个。这似乎是文学乐意看到的事实，一个人的品质其实被无数人悄悄拥有着，于是你们的浮士德在进行思考的时候，会让中国的我们感到是自己在准备做出选择。

这个人一直在自己的世界里建立着某些不言而喻的权威，虽然他在医院里的地位低于一位最普通的护士，然而他精通了日积月累的意义，在那些因为贫困或者因为其他更为重要的理由前来卖血的人眼中，他有时候会成为一名救世主。

在那个时代里，所有医院的血库都库存丰足，他从一开始就充分利用了这一点，让远道而来的卖血者在路上就开始了担扰，担忧自己的体内流淌的血能否卖出去？他十分自然地培养了他们对他的尊敬，而且让他们人人都发自内心。接下去他又让这些最为朴素的人明白了礼物的意义，这些人中间的绝大部分都是目不识丁者，可是他们知道交流是人和人之间必不可少的，礼物显然是交流时最为重要的依据，它是另一种语言，一种以自我牺牲和自我损失为前提的语言。正因为如此，礼物成了最为深刻的喜爱、赞美和尊敬之词。就这样，他让他们明白了在离家出门前应该再带上两棵青菜，或者是几个西红柿和几个鸡蛋，空手而去等于失去了语言，成为聋哑之人。

他苦心经营着自己的王国，长达数十年。然后，时代发生了变化，所有医院的血库都开始变得库存不足了，买血者开始讨好卖血者，血头们的权威摇摇欲坠。然而他并不为此担心，这时候的他已经将狡猾、自私、远见卓识和同情心熔于一炉，他可以从容地去应付任何困难。他发现了血的价格在各地有所不同，于是就有了前面我父亲的提醒——他在很短的时间里组织了近千名卖血者，长途跋涉五百多公里，从浙江到江苏，跨越了十来个县，将他们的血卖到了他所能知道的价格最高之处。他的追随者获得了更多一些的收入，而他自己的钱包则像打足了气的皮球一样鼓了起来。

这是一次杂乱和漫长的旅程，我不知道他使用了什么手段，使这些平日里最为自由散漫同时又互不相识的人，吵吵闹闹地组成了一支乌合之众的队伍。我相信他给他们规定了某些纪律，并且无师自通地借用了某些军队的编制，他会在这杂乱的人群里挑选出几十人，给予他们有限的权力，让他们尽展各自的才华，威胁和拉拢、甜言蜜语和破口大骂并用，他们为他管住了这近千人，而他只要管住这几十人就足够了。

这次集体行为很像是战争中移动的军队，或者像是正在进行中的宗教仪式，他们黑压压的能够将道路铺满长长一截。这里面的故事一定会令我着迷，男人之间的斗殴，女人之间的闲话，还有偷情中的男女，以及突然来到的疾病击倒了某个人，当然也有真诚的互相帮助，可能还会有爱情发生……我相信在这个世界上，再也找不出另外一支队伍，能够比这一支队伍更加五花八门了。

我一直希望自己能够将这个故事写出来，有一天我坐到了桌前，我发现自己开始写作一个卖血的故事，九个月以后，我确切地知道了自己写下了什么，我写下了《许三观卖血记》。

显然，这是另外一个故事。这个故事里的人物只是跟随那位血头的近千人中的一个，他也可能没有参加那次长途跋涉的卖血行动。我知道自己只是写下了很多故事中的一个，另外更多的故事我一直没有去写，而且也不知道以后是否会写。这就是我成为一名作家的理由，我对那些故事没有统治权，即便是我自己写下的故事，一旦写完，它就不再属于我，我只是被它们选中来完成这样的工作。因此，我作为一个作者，你作为一个读者，都是偶然。如果你，一位德语世界里的读者，在读完这本书后，发现当书中的人物做出选择，也是你内心的判断时，那么，我们已经共同品尝了文学的美味。

北京，一九九八年六月二十七日

[《许三观卖血记》意大利文版（1999年）序]

前　言

这些年来，我一直在使用标准的汉语写作，我的意思是——我在中国的南方长大成人，然而却使用北方的语言写作。

如同意大利语来自于佛罗伦萨一样，我们的标准汉语也来自于一个地方语。佛罗伦萨的语言是由于一首伟大的长诗而荣升为国家的语言，这样的事实在我们中国人看来，如同传说一样美妙，而且让我们感到吃惊和羡慕。但丁的天才使一个地方性的口语成为了完美的书面表达，其优美的旋律和奔放的激情，还有沉思的力量跃然纸上。比起古老的拉丁语，《神曲》的语言似乎更有生机，我相信还有着难以言传的亲切之感。

我们北方的语言却是得益于权力的分配。权力的倾斜使一个地区的语言成为了统治者，其他地区的语言则沦落为方言俚语。

　　　　　　　　　　　　　　　| 余华作品

于是用同样方式书写出来的作品，在权力的北方成为历史的记载，正史或者野史；而在南方，只能被流放到民间传说的格式中去。

我就是在方言里成长起来的。有一天，当我坐下来决定写作一篇故事时，我发现二十多年来与我朝夕相处的语言，突然成为了一堆错别字。口语与书面表达之间的差异让我的思维不知所措，如同一扇门突然在我眼前关闭，让我失去了前进时的道路。

我在中国能够成为一位作家，很大程度上得益于我在语言上妥协的才华。我知道自己已经失去了语言的故乡，幸运的是我并没有失去故乡的形象和成长的经验，汉语自身的灵活性帮助了我，让我将南方的节奏和南方的气氛注入到了北方的语言之中，于是异乡的语言开始使故乡的形象栩栩如生了。这正是语言的美妙之处，同时也是生存之道。

十五年的写作，使我灭绝了几乎所有来自故乡的错别字，我学会了如何去寻找准确有力的词汇，如何去组织延伸中的句子；一句话，就是我学会了在标准的汉语里如何左右逢源，驾驭它们如同行走在坦途之上。从这个意义上说，我已经是"商女不知亡国恨"了。

北京，一九九八年四月十一日

前　言

一位真正的作家永远只为内心写作，只有内心才会真实地告诉他，他的自私、他的高尚是多么突出。内心让他真实地了解自己，一旦了解了自己也就了解了世界。很多年前我就明白了这个原则，可是要捍卫这个原则必须付出艰辛的劳动和长时期的痛苦，因为内心并非时时刻刻都是敞开的，它更多的时候倒是封闭起来，于是只有写作，不停的写作才能使内心敞开，才能使自己置身于发现之中，就像日出的光芒照亮了黑暗，灵感这时候才会突然来到。

长期以来，我的作品都是源出于和现实的那一层紧张关系。我沉湎于想象之中，又被现实紧紧控制，我明确感受着自我的分裂，我无法使自己变得纯粹，我曾经希望自己成为一位童话作家，要不就是一位实实在在作品的拥有者，如果我能够成为这两者中的任何一个，我想我内心的痛苦将轻微很多，可是与此同时我的力量也会削弱很多。

事实上我只能成为现在这样的作家，我始终为内心的需要而写作，理智代替不了我的写作，正因为此，我在很长一段时间里是一个愤怒和冷漠的作家。

这不只是我个人面临的困难，几乎所有优秀的作家都处于和现实的紧张关系中，在他们笔下，只有当现实处于遥远状态时，他们作品中的现实才会闪闪发亮。应该看到，这过去的现实虽然充满了魅力，可它已经蒙上了一层虚幻的色彩，那里面塞满了个人想象和个人理解。真正的现实，也就是作家生活中的现实，是令人费解和难以相处的。

作家要表达与之朝夕相处的现实，他常常会感到难以承受，蜂拥而来的真实几乎都在诉说着丑恶和阴险，怪就怪在这里，为什么丑恶的事物总是在身边，而美好的事物却远在海角。换句话说，人的友爱和同情往往只是作为情绪来到，而相反的事实则是伸手便可触及。正像一位诗人所表达的：人类无法忍受太多的真实。

也有这样的作家，一生都在解决自我和现实的紧张关系，福克纳是一个成功的例子，他找到了一条温和的途径，他描写中间状态的事物，同时包容了美好和丑恶，他将美国南方的现实放到了历史和人文精神之中，这是真正意义上的文学现实，因为它连接了过去和将来。

一些不成功的作家也在描写现实，可是他们笔下的现实说穿了只是一个环境，是固定的、死去的现实。他们看不到人是怎样走过来的，也看不到怎样走去。当他们在描写斤斤计较的人物时，我们会感到作家本人也在斤斤计较。这样的作家是在写实在的作品，而不是现实的作品。

前面已经说过，我和现实关系紧张，说得严重一点，我一直是以敌对的态度看待现实。随着时间的推移，我内心的愤怒渐渐平息，我开始意识到一位真正的作家所寻找的是真理，是一种排斥道德判断的真理。作家的使命不是发泄，不是控诉或者揭露，他应该向人们展示高尚。这里所说的高尚不是那种单纯的美好，而是对一切事物理解之后的超然，对善和恶一视同仁，用同情的目光看待世界。

正是在这样的心态下，我听到了一首美国民歌《老黑奴》，歌中那位老黑奴经历了一生的苦难，家人都先他而去，而他依然友好地对待这个世界，没有一句抱怨的话。这首歌深深地打动了我，我决定写下一篇这样的小说，就是这篇《活着》，写人对苦难的承受能力，对世界乐观的态度。写作过程让我明白，人是为活着本身而活着的，而不是为了活着之外的任何事物所活着。我感到自己写下了高尚的作品。

海盐，一九九三年七月二十七日

[《活着》韩文版（1997 年）序]

前　言

我不知道应该怎样来解释这一部作品，这样的任务交给作者去完成是十分困难的，但是我愿意试一试，我希望韩国的读者能够容忍我的冒险。

这部作品的题目叫《活着》，作为一个词语，"活着"在我们中国的语言里充满了力量，它的力量不是来自于喊叫，也不是来自于进攻，而是忍受，去忍受生命赋予我们的责任，去忍受现实给予我们的幸福和苦难、无聊和平庸。作为一部作品，《活着》讲述了一个人和他的命运之间的友情，这是最为感人的友情，因为他们互相感激，同时也互相仇恨；他们谁也无法抛弃对方，同时谁也没有理由抱怨对方。他们活着时一起走在尘土飞扬的道路上，死去时又一起化作雨水和泥土。与此同时，《活着》还讲述了人如何去承受巨大的苦难，就像中国的一句成语：千钧一发。让一根头发去承受三万斤的重压，它没有断。我相信，《活着》还讲述了眼泪的宽广和丰富；讲述了绝望的不存在；讲述了人是为了活着本身而活着的，而不是为了活着之外的任何事物而活着。当然，《活着》也讲述了我们中国人这几十年是如何熬过来的。我知道，《活着》所讲述的远不止这些。文学就是这样，它讲述了作家意识到的事物，同时也讲述了作家所没有意识到的，读者就是这时候站出来发言的。

北京，一九九六年十月十七日

[《活着》日文版（2002 年）序]

前　言

我曾经以作者的身份议论过福贵的人生。一些意大利的中学生向我提出了一个十分有益的问题："为什么您的小说《活着》在那样一种极端的环境中还要讲生活而不是幸存？生活和幸存之间轻微的分界在哪里？"

我的回答是这样的："在中国，对于生活在社会底层的人来说，生活和幸存就是一枚分币的两面，它们之间轻微的分界在于方向的不同。对《活着》而言，生活是一个人对自己经历的感受，而幸存往往是旁观者对别人经历的看法。《活着》中的福贵虽然历经苦难，但是他是在讲述自己的故事。我用的是第一人称的叙述，福贵的讲述里不需要别人的看法，只需要他自己的感受，所以他讲述的是生活。如果用第三人称来叙述，如果有了旁人的看法，那么福贵在读者的眼中就会是一个苦难中的幸存者。"

出于上述的理由，我在其他的时候也重复了这样的观点。我说在旁人眼中福贵的一生是苦熬的一生；可是对于福贵自己，我相信他更多地感受到了幸福。于是那些意大利中学生的祖先，伟大的贺拉斯警告我："人的幸福要等到最后，在他生前和葬礼前，无人有权说他幸福。"

贺拉斯的警告让我感到不安。我努力说服自己：以后不要再去议论别人的人生。现在，当角川书店希望我为《活着》写一篇序言时，我想谈谈另外一个话题。我要谈论的话题是——谁创造了故事和神奇？我想应该是时间创造的。我相信是时间创造了诞生和死亡，创造了幸福和痛苦，创造了平静和动荡，创造了记忆和感受，创造了理解和想象，最后创造了故事和神奇。贺知章的《回乡偶书》说的就是时间带来的喜悦和辛酸：

少小离家老大回，

乡音未改鬓毛衰。

儿童相见不相识，

笑问客从何处来。

　　《太平广记》卷第二百七十四讲述了一个由时间创造的故事，一位名叫崔护的少年，资质甚美可是孤寂寡合。某一年的清明日，崔护独自来到了城南郊外，看到一处花木丛翠的庭院，占地一亩却寂若无人。崔护叩门良久，有一少女娇艳的容貌在门缝中若隐若现，简单的对话之后，崔护以"寻春独行，酒渴求饮"的理由进入院内，崔护饮水期间，少女斜倚着一棵盛开着桃花的小树，"妖恣媚态，绰有余妍"。两人四目相视，久而久之。崔护告辞离去时，少女送至门口。此后的日子里，崔护度日如年，时刻思念着少女的容颜。到了第二年的清明日，崔护终于再次起身前往城南，来到庭院门外，看到花木和门院还是去年的模样，只是人去院空，门上一把大锁显得冰凉和无情。崔护在伤感和叹息里，将一首小诗题在了门上：

去年今日此门中，

人面桃花相映红。

人面不知何处去，

桃花依旧笑春风。

这简短的故事说出了时间的意味深长。崔护和少女之间除了四目相视，没有任何其他的交往，只是夜以继日的思念之情，在时间的节奏里各自流淌。在这里，时间隐藏了它的身份，可是又掌握着两个人的命运。我们的阅读无法抚摸它，也无法注视它，可是我们又时刻感受到了它的存在。就像寒冷的来到一样，我们不能注视也不能抚摸，我们只能浑身发抖地去感受。就这样，什么话都不用说，什么行为都不用写，只要有一年的时间，也可以更短暂或者更漫长，崔护和少女玉洁冰清的恋情便会随风消散，便会"人面不知何处去"。类似的叙述在我们的文学里随处可见，让时间中断流动的叙述，然后再从多年以后开始，这时候绝然不同的情景不需要铺垫，也不需要解释就自然而然地出现了。在文学的叙述里，没有什么比时间更具有说服力了，因为时间无须通知我们就可以改变一切。

另一个例子来自但丁《神曲》中的诗句，当但丁写到箭离弦击中目标时，他这样写："箭中了目标，离了弦。"这诗句的神奇之处在于但丁改变了语言中的时间顺序，让我们顷刻间感受到了语言带来的速度。这个例子告诉我们，时间不仅仅创造了故事和情节的神奇，同时也创造了句子和细节的神奇。

我曾经在两部非凡的短篇小说里读到了比很多长篇小说还要漫长的时间，一部是美国作家艾萨克·辛格的《傻瓜吉姆佩尔》，另一部是巴西作家若昂·吉马朗埃斯·罗萨的《河的第三条岸》。这两部作品异曲同工，它们都是由时间创造出了叙述，让时间帮助着一个人的一生在几千字的篇幅里栩栩如生。与此同时，文学叙述中的时间还造就了《战争与和平》《静静的顿河》和《百年孤独》的故事和神奇，这些篇幅浩瀚的作品和那些篇幅简短的作品共同指出了文学叙述的品质，这就是时间的神奇。就像树木插满了森林一样，时间的神奇插满了我们的文学。

最后我应该再来说一说《活着》。我想这是关于一个人一生的故事，因此它也表达了时间的漫长和时间的短暂，表达了时间的动荡和时间的宁静。在文学的叙述里，描述一生的方式是表达时间最为直接的方式，我的意思是说时间的变化掌握了《活着》里福贵命运的变化，或者说时间的方式就是福贵活着的方式。我知道是时间的神奇让我完成了《活着》的叙述，可是我不知道《活着》的叙述是否又表达出了这样的神奇？我知道福贵的一生窄如手掌，可是我不知道是否也宽若大地？

北京，二〇〇二年一月十七日

[《在细雨中呼喊》中文版（1998年）序]

前　言

作者的自序通常是一次约会，在漫漫记忆里去确定那些转瞬即逝的地点，与曾经出现过的叙述约会，或者说与自己的过去约会。本篇序言也不例外，于是它首先成为了时间的约会，是一九九八年与一九九一年的约会；然后，也是本书作者与书中人物的约会。我们看到，在语言里现实和虚构难以分辨，而时间的距离则像目光一样简短，七年之间就如隔桌而坐。

　　就这样，我和一个家庭再次相遇，和他们的所见所闻再次相遇，也和他们的欢乐痛苦再次相遇。我感到自己正在逐渐地加入到他们的生活之中，有时候我幸运地听到了他们内心的声音，他们的叹息喊叫，他们的哭泣之声和他们的微笑。接下来，我就会获得应有的权利，去重新理解他们的命运的权利，去理解柔弱的母亲如何完成了自己忍受的一生，她唯一爆发出来的愤怒是在弥留之际；去理解那个名叫孙广才的父亲又是如何骄傲地将自己培养成一名彻头彻尾的无赖，他对待自己的父亲和对待自己的儿子，就像对待自己的绊脚石，他随时都准备着踢开他们，他在妻子生前就已经和另外的女人同居，可是在妻子死后，在死亡逐渐靠近他的时候，他不断地被黑夜指引到了亡妻的坟前，不断地哭泣着。孙广才的父亲孙有元，他的一生过于漫长，漫长到自己都难以忍受，可是他的幽默总是大于悲伤。还有孙光平、孙光林和孙光明，三兄弟的道路只是短暂地有过重叠，随即就岔向了各自的方向。孙光平以最平庸的方式长大成人，他让父亲孙广才胆战心惊；而孙光林，作为故事叙述的出发和回归者，他拥有了更多的经历，因此他的眼睛也记录了更多的命运；孙光明第一个走向了死亡，这个家庭中最小的成员最先完成了人世间的使命，被河水淹没，当他最后一次挣扎着露出水面时，他睁大眼睛直视了耀眼的太阳。七年前我写下了这一笔，当初我坚信他可以直视太阳，因为这是他最后的目光；现在我仍然这样坚信，因为他付出的代价是死亡。

七年前我写下了他们，七年来他们不断在我眼前出现，我回忆他们，就像回忆自己生活中的朋友，随着时间的流逝，他们的容颜并没有消褪，反而在日积月累里更加清晰，同时也更加真实可信。现在我不仅可以在回忆中看见他们，我还时常会听到他们现实的脚步声，他们向我走来，走上了楼梯，敲响了我的屋门。这逐渐成为了我不安的开始，当我虚构的人物越来越真实时，我忍不住会去怀疑自己真正的现实是否正在被虚构？

北京，一九九八年十月十一日

[《在细雨中呼喊》意大利文版（1998年）序]

前 言

完成于七年前的这本书，使我的记忆恢复了往日的激情。我再次去阅读自己的语言，比现在年轻得多的语言，那些充满了勇气和自信的语言，那些貌似叙述统治者的语言，那些试图以一个句子终结一个事物的语言，感染了今天的我，其节奏就像是竹子在燃烧时发出的"噼啪"声。本书译者 Nicoletta Pesaro 告诉我：这语言里还充满了思考和哲学。

我想，这应该是一本关于记忆的书。它的结构来自于对时间的感受，确切地说是对已知时间的感受，也就是记忆中的时间。

这本书试图表达人们在面对过去时，比面对未来更有信心。因为未来充满了冒险，充满了不可战胜的神秘，只有当这些结束以后，惊奇和恐惧也就转化成了幽默和甜蜜。这就是人们为什么如此热爱回忆的理由，如同流动的河水，在不同民族的不同语言里永久和宽广地荡漾着，支撑着我们的生活和阅读。

因为当人们无法选择自己的未来时，就会珍惜自己选择过去的权利。回忆的动人之处就在于可以重新选择，可以将那些毫无关联的往事重新组合起来，从而获得了全新的过去，而且还可以不断地更换自己的组合，以求获得不一样的经历。当一个人独自坐在公园的长椅上，在日落时让嘴角露出一丝微笑，他孤独的形象似乎值得同情，然而谁又能体会到他此刻的美妙旅程？他正坐在回忆的马车里，他的生活重新开始了，而且这一次的生活是他自己精心挑选的。

七年前的写作出于同样的理由。"记忆的逻辑"，我当时这样认为自己的结构，时间成为了碎片，并且以光的速度来回闪现，因为在全部的叙述里，始终贯穿着"今天的立场"，也就是重新排列记忆的统治者。我曾经赋予自己左右过去的特权，我的写作就像是不断地拿起电话，然后不断地拨出一个个没有顺序的日期，去倾听电话另一端往事的发言。

北京，一九九八年八月九日

前 言

饱尝了人生绵延不绝的祸福、恩怨和悲喜之后，风烛残年的陆游写下了这样的诗句："老去已忘天下事，梦中犹见牡丹花。"生活在公元前的贺拉斯说："我们的财产，一件件被流逝的岁月抢走。"

人们通常的见解是，在人生的旅途上走得越是长久，得到的财富也将越多。陆游和贺拉斯却暗示了我们反向的存在，那就是岁月抢走了我们一件件的财产，最后是两手空空，已忘天下事，只能是"犹见"牡丹花，还不是"已见"，而且是在虚无的梦中。

古希腊人认为每个人的体内都有一种维持生机的气质，这种气质名叫"和谐"。当陆游沦陷在悲凉和无可奈何的晚年之中，时隐时现的牡丹花让我们读到了脱颖而出的喜悦，这似乎就是维持生机的"和谐"。

我想这应该就是记忆。当漫漫的人生长途走向尾声的时候，财富荣耀也成身外之物，记忆却显得极为珍贵。一个偶然被唤醒的记忆，就像是小小的牡丹花一样，可以覆盖浩浩荡荡的天下事。

于是这个世界上出现了众多表达记忆或者用记忆来表达的书籍。我虽然才力上捉襟见肘，也写下过一本被记忆贯穿起来的书——《在细雨中呼喊》。我要说明的是，这虽然不是一部自传，里面却是云集了我童年和少年时期的感受和理解，当然这样的感受和理解是以记忆的方式得到了重温。

马塞尔·普鲁斯特在他那部像人生一样漫长的《追忆似水年华》里，有一段精美的描述。当他深夜在床上躺下来的时候，他的脸放到了枕头上，枕套的绸缎可能是穿越了丝绸之路，从中国运抵法国的。光滑的绸缎让普鲁斯特产生了清新和娇嫩的感受，然后唤醒了他对自己童年脸庞的记忆。他说他睡在枕头上时，仿佛是睡在自己童年的脸庞上。这样的记忆就是古希腊人所说的"和谐"，当普鲁斯特的呼吸因为肺病困扰变得断断续续时，对过去生活的记忆成为了维持他体内生机的气质，让他的生活在叙述里变得流畅和奇妙无比。

我现在努力回想，十二年前写作这部《在细雨中呼喊》的时候，我是不是时常枕在自己童年和少年的脸庞上？遗憾的是我已经想不起来了，我倒是在记忆深处唤醒了很多幸福的感受，也唤醒了很多辛酸的感受。

二○○三年五月二十六日

[《现实一种》意大利文版（1997 年）序]

前　言

这里收集了我的四个故事，在十年前，在潮湿的阴雨绵绵的南方，我写下了它们，我记得那时的稿纸受潮之后就像布一

　　　　　　　　　　　　　　　　　　　　| 余华作品

样的柔软，我将暴力、恐惧、死亡，还有血迹写在了这一张张柔软之上。

这似乎就是我的生活，在一间临河的小屋子里，我孤独地写作，写作使我的生命活跃起来，就像波涛一样，充满了激情。那时候我没有意识到自己的作品里的暴力和死亡，是别人告诉了我，他们不厌其烦地说着，要我明白这些作品给他们带去了难受和恐怖，我半信半疑了一段时间后，开始相信他们的话了。那段时间，他们经常问我：为什么要写出这样的作品？他们用奇怪的目光注视着我，问我：为什么要写这么多的死亡和暴力？

我不知道该怎样回答，在这个问题上，我知道的并不比他们多，这是作家的难言之隐。我曾经请他们去询问生活：为什么在生活中会有这么多的死亡和暴力？我相信生活的回答将是缄口不言。

现在，当EINAUDI出版社希望我为这四个故事写一篇前言时，我觉得可以谈谈自己的某些遥远的记忆，这些像树叶一样早已飘落却始终没有枯萎的记忆，也许可以暗示出我的某些写作。我的朋友MITA MASCI，这位出色的翻译家希望我谈谈来自生命的一些印象，她的提醒很重要，往往是这些隐秘的、零碎的印象决定了作家后来的写作。

我现在要谈的记忆属于我的童年。我已经忘记了我的恐惧是从什么时候开始的，让我铭心刻骨的是树梢在月光里闪烁的情景，我觉得这就是我童年的恐惧。在夜深人静之时，我躺在床上，透过窗户看到树梢在月光里的抖动和闪烁，夜空又是那么的深远和广阔，仿佛是无边无际的寒冷。我想，这就是我最初的、也是最为持久的恐惧。直到今天，这样的恐惧仍然伴随着我。

对于死亡和血，我却是心情平静。这和我童年生活的环境有关，我是在医院里长大，我经常坐在医院手术室的门口，等待着那位当外科医生的父亲从里面走出来。我的父亲每次出来时，身上总是血迹斑斑，就是口罩和手术帽上也都沾满了鲜血。有时候还会有一位护士跟在我父亲的身后，她手提一桶血肉模糊的东西。

当时我们全家就住在医院里，我窗户的对面就是医院的太平间，那些因病身亡的人，在他们的身体被火化消失之前，经常在我窗户对面的那间小屋子里躺到黎明，他们亲人的哭声也从漫漫黑夜里响彻过来，在黎明时和日出一起升起。

在我年幼时，在无数个夜晚里，我都会从睡梦里醒来，聆听失去亲人以后的悲哀之声，我觉得那已经不是哭泣了，它们是那么的漫长持久，那么的感动人心，哭声里充满了亲切，那种疼痛无比的亲切。后来的很多时候，当我回忆起这些时，不知为何我总觉得这是世上最为动人的歌谣。

那时候我发现了一个事实，很多人都是在黑夜里死去的。于是在白天，我经常站在门口，端详着对面那间神秘的小屋，在几棵茂盛的大树下面，它显得孤单和寂寞，没有门，有几次我走到近旁向里张望，看到里面只有一张水泥床，别的什么都没有看到。有一次我终于走了进去，我记得那是一个夏日的中午，我走了进去，我发现这间属于死者中途的旅舍十分干净，没有丝毫的垃圾。我在那张水泥床旁站了一会儿，然后小心翼翼地伸手摸到了它，我

　　　　　　　　　　　　　　　　┃ 余华作品

感受到了无比的清凉，在那个炎热的中午，它对于我不是死亡，而是生活。

于是在后来的最为炎热的时候，我会来到这间小屋，在凉爽的水泥床上，在很多死者躺过的地方，我会躺下来，完成一个美好的午睡。那时候我年幼无知，我不害怕死亡，也不害怕鲜血，我只害怕夜晚在月光里闪烁的树梢。当然我也不知道很多年以后会从事写作，写下很多死亡和鲜血，而且是写在受潮以后的纸上，那些极其柔软的稿纸上。

北京，一九九七年六月十一日

[《 99 余华小说新展示——6 卷》自序]

前　言

两位从事出版的朋友提出建议：希望我将自己所有的中短篇小说编辑成册。于是我们坐到了一起，经过几个小时的讨论之后，就有了现在的方案，以每册十万字左右的篇幅编辑完成了共六册的选集。里面收录了过去已经出版，可是发行只有一千多册的旧作；也有近几年所写，还未出版的新作。我没有以作品完成日期的顺序来编辑，我的方案是希望每一册都拥有相对独立的风格，当然这六册有着统一的风格。我的意思是这六册选集就像是脸上的五官一样，以各自独立的方式来组成完整的脸的形象。

可以这么说：《鲜血梅花》是我文学经历中异想天开的旅程，或者说我的叙述在想象的催眠里前行，奇花和异草历历在目，霞光和云彩转瞬即逝。于是这里收录的五篇作品仿佛梦游一样，所见所闻飘忽不定，人物命运也是来去无踪；《世事如烟》所收的八篇作品是潮湿和阴沉的，也是宿命和难以捉摸的。因此人物和景物的关系，以及他们各自的关系都是若即若离。这是我在八十年代的努力，当时我努力去寻找他们之间的某些内部的联系方式，而不是那种显而易见的外在的逻辑；《现实一种》里的三篇作品记录了我曾经有过的疯狂，暴力和血腥在字里行间如波涛般涌动着，这是从噩梦出发抵达梦魇的叙述。为此，当时有人认为我的血管里流淌的不是血，而是冰碴子；《我胆小如鼠》里的三篇作品，讲述的都是少年内心的成长，那是恐惧、不安和想入非非的历史；《战栗》也是三篇作品，这里更多地表达了对命运的关心；《黄昏里的男孩》收录了十二篇作品，这是上述六册选集中与现实最为接近的一册，也可能是最令人亲切的，不过它也是令人不安的。

这是我从1986年到1998年的写作旅程，十多年的漫漫长夜和那些晴朗或者阴沉的白昼过去之后，岁月留下了什么？我感到自己的记忆只能点点滴滴地出现，而且转瞬即逝。回首往事有时就像是翻阅陈旧的日历，昔日曾经出现过的欢乐和痛苦的时光成为了同样的颜色，在泛黄的纸上字迹都是一样的暗淡，使人难以区分。这似乎就是人生之路，经历总是比回忆鲜明有力。回忆在岁月消失后出现，如同一根稻草漂浮到溺水者眼前，自我的拯救仅仅只是象征。同样的道理，回忆无法还原过去的生活，它只是偶然提醒我们：过去曾经拥有过什么？而且这样的提醒时常以篡改为荣，不过人们也需要偷梁换柱的回忆来满足内心的虚荣，使过去的人生变得丰富和饱满。我的经验是写作可以不断地去唤醒记忆，我相信这样的记忆不仅仅属于我个人，这可能是一个时代的形象，或者说是一个世界在某一个人心灵深处的烙印，那是无法愈合的疤痕。我的写作唤醒了我记忆中无数的欲望，这样的欲望在我过去生活里曾经有过或者根本没有，曾经实现过或者根本无法实现。我的写作使它们聚集到了一起，在虚构的现实里成为合法。十多年之后，我发现自己的写作已经建立了现实经历之外的一条人生道路，它和我现实的人生之路同时出发，并肩而行，有时交叉到了一起，有时又天各一方。因此，我现在越来越相信这样的话——写作有益于身心健康，因为我感到自己的人生正在完整起来。写作使我拥有了两个人生，现实的和虚构的，它们的关系就像是健康和疾病，当一个强大起来时，另一个必然会衰落下去。于是，当我现实的人生越来越平乏之时，我虚构的人生已经异常丰富了。

这六册中短篇小说选集所记录下来的，就是我的另一条人生之路。与现实的人生之路不同的是，它有着还原的可能，而且准确无误。虽然岁月的流逝会使它纸张泛黄字迹不清，然而每一次的重新出版都让它焕然一新，重获鲜明的形象。这就是我为什么如此热爱写作的理由。

一九九九年四月七日

[《河边的错误》中文版（1993年）跋]

后　记

三四年前，我写过一篇题为《虚伪的作品》的文章，发表在一九八九年的《上海文论》上。这是一篇具有宣言倾向的写作理论，与我前几年的写作行为紧密相关。

文章中的诸多观点显示了我当初自信与叛逆的欢乐，当初我感到自己已经洞察到艺术永恒之所在，我在表达思考时毫不犹豫。现在重读时，我依然感到没有理由去反对这个更为年轻的我，《虚伪的作品》对我的写作依然有效。

这篇文章始终没有脱离这样一个前提，那就是所有的理论都只针对我自己的写作，不涉及另外任何人。

几年后的今天，我开始相信一个作家的不稳定性，比他任何尖锐的理论更为重要。一成不变的作家只会快速奔向坟墓，我们面对的是一个捉摸不定与喜新厌旧的时代，事实让我们看到一个严格遵循自己理论写作的作家是多么可怕，而作家源源不断的生命力在于经常的朝三暮四。为什么几年前我们热衷的话题，现在已经无人顾及。是时代在变，还是我们在变？这是一个难以解答的问题，却说明了固定与封闭的事物是不存在的。作家的不稳定性取决于他的智慧与敏锐的程度。作家是否能够使自己始终置身于发现之中，这是最重要的。

怀疑主义者告诉我们：任何一个命题的对立面，都存在着另一个命题。这句话可以解释那些优秀的作家为何经常自己反对自己。作家不是神父，单一的解释与理论只会窒息他们，作家的信仰是没有仪式的，他们的职责不是布道，而是发现，去发现一切可以使语言生辉的事物。无论是健康美丽的肌肤，还是溃烂的伤口，在作家那里都应当引起同样的激动。

所以我现在宁愿相信自己是无知的，事实也是如此。任何知识说穿了都只是强调，只是某一立场和某一角度的强调。事物总是存在着两个以上的说法，不同的说法都标榜自己掌握了世界的真实，而真实永远都是一位处女，所有的理论到头来都只是自鸣得意的手淫。

对创作而言，不存在绝对的真理，存在的只是事实。比如艺术家与匠人的区别。匠人是为利益和大众的需求而创作，艺术家是为虚无而创作。艺术家在任何一个时代都只能是少数派，而且往往是那个时代的笑柄，虽然在下一个时代里，他们或许会成为前一时代的唯一代表，但他们仍然不是为未来而创作的。对于匠人而言，他们同样拥有未来。所以我说艺术家是为虚无而创作的，因为他们是这个世界上仅存的无知者，他们唯一可以真实感受的是来自精神的力量，就像是来自夜空和死亡的力量。在他们的肉体腐烂之前，是没有人会去告诉他们，他们的创作给世界带来了什么。匠人就完全不一样了，他们每一分钟都知道自己从实际中获得什么，他们在临死之前可以准确地计算出自己有多少成果。而艺术家只能来自于无知，又回到无知之中。

嘉兴，一九九二年八月六日

[《许三观卖血记》中文版（1996 年）跋]

后　记

　　在一部作品写作之初，作家的理想往往是模糊不清的，作家并不知道这部作品会给自己带来什么。我的意思是，一如既往的写作是在叙述上不断地压制自己？还是终于解放了自己？当一位作家反复强调如何喜欢自己的某一部作品时，一定有着某些隐秘的理由。因为一部作品的历史总是和作家个人的历史紧密相连，在作家众多的作品中，总会有那么几部是作为解放者出现的，它们让作家恍然大悟，让作家感到自己已经进入了理想中的写作。

　　叙述上的训练有素，可以让作家水到渠成般的写作，然而同时也常常掩盖了一个致命的困境。当作家拥有了能够信赖的叙述方式，知道如何去应付在写作过程中出现的一系列问题时，信赖会使作家越来越熟练，熟练则会慢慢地把作家造就成一个职业的写作者，而不再是艺术的创造者了。这样的写作会使作家丧失理想，他每天面临的不再是追求什么，而是表达什么。所以说当作家越来越得心应手的时候，他也开始遭受到来自叙述的欺压了。

　　我个人的写作历史告诉我：没有一部作品的叙述方式是可以事先设计的，写作就像生活那样让我感到未知，感到困难重重。因此叙述的方式，或者说是风格，那些令人心醉神迷的风格不会属于任何人，它不是大街上的出租车招手即来，它在某种意义上是一名拳击手，它总是想方设法先把你打倒在地，让你心灰意冷，

　　　　　　　　　　　　　　　　　　　　　｜　余华作品

让你远离那些优美感人的叙述景色，所以你必须将它击倒。写作的过程有时候就是这样，很像是斗殴的过程。因此，当某些美妙的叙述方式得到确立的时候，所表达出来的不仅仅是作家的才华和洞察力，同时也表达了作家的勇气。

北京，一九九六年二月八日